もふもふの神様と旅に出ます。
神殿には二度と
戻りません！

ラース
旅の途中でティアとフィヌイに出会い、そこから行動をともにすることとなる、謎多き青年。
ティア
神殿で働く身寄りのない下働きの少女だったが、ある日神殿を追い出され、神様の加護を受けて聖女となる。明るく元気で、食べることが大好き！
フィヌイ
もふもふの神様。王国の主神であり、永い時を生きる偉い神様だが、神様とは思えないくらいお気楽で、気まぐれなところがある。
主な登場人物

アイネ
元はティアの孤児院の先生で、今は救護院の院長。誰にでも平等で、慈悲深い人物。
アリア
元聖女。ティアを冷遇していた。ティアとフィヌイが神殿を出ていったときに、聖女の資格を失う。
セシル
ティアが旅の途中で出会う貴婦人。息子のウィルは、謎の病により苦しんでおり……。
ウィル
セシルの息子で、酷い頭痛により目が見えなくなっている。

Contents

1章　もふもふの神様との出会い……………………………3

2章　ティアの旅立ち…………………………………………17

3章　聖女の力と不審な影……………………………………57

4章　気まぐれなご神託………………………………………92

5章　聖域と隠れ里……………………………………………112

6章　聖遺物を求めて…………………………………………151

7章　ディルの街の迷宮………………………………………195

8章　旅にはお供がついてくる………………………………231

外伝　美味しいものを探そう…………………………………254

もふもふの神様と旅に出ます。

神殿には二度と戻りません！

四季　葉

イラスト
むらき

1章　もふもふの神様との出会い

晴れた空に茜《あかね》色の夕日がとても綺麗《きれい》。

そう思うと、今さらながらに泣けてくる。

ぐすっぐすっ……。

目に映る夕日がぐしゃぐしゃに歪《ゆが》んで見えた。小高い丘の上でティアはぼんやりと夕日を眺《なが》めていた。

——これからどうしよう。帰る場所、なくなっちゃった。

理不尽な理由で神殿を追い出され、ティアは途方に暮れていたのだ。

そして、今までの出来事を思い出していた。

◆◇◆◇◆

厳《おごそ》かな聖なる神殿。清浄なる香が満たされた空間。白い大理石で造られた建物。

ここで私は働いていた。ついさっきまでだが——

けど、私は神殿に仕える神官でもなければこのリューゲル王国で唯一、神の言葉を伝えることのできる聖女様でもない。
ただの下働きの娘だ――

私は生まれてすぐに神殿の前に捨てられていた。いわゆる捨て子というやつだ。

それでも産みの親はきっと、少しでも私の幸せを願っていてくれたと思っている。昔は周りと比べていろいろと複雑だったが、今はそう思うことにした。

そうでなければ、神殿が運営する孤児院にすぐには入れなかった。そこでは日常生活を送るうえでの常識を覚えられるし、読み書きも教えてくれる。

これがもし、貧民街の裏路地に捨てられていたら、この年まで生きてはいなかったはずだ。もし、仮に生きていたとしても今より悲惨な生活だったと想像できる。

幸いにも孤児院を出た後《あと》も、あっせん先のひとつとして、下働きだが神殿で住み込みとして働かせてもらっていた。ありがたいことだと思ってはいるが……ここまではなんとかよかった。

……だが、神殿に入って間もなく、私は聖女様に嫌われてしまったのだ。

聖女様はこの国を守護する神に選ばれた唯一の存在で、神のお告げを聞くことができる崇高《すうこう》な方。

その証《あかし》として夜空のような青色の瞳《ひとみ》を持ち、どんな病《やまい》や怪我《けが》でも治すことのできる『癒《いや》しの御手《みて》』を持つ選ばれた乙女だ。神の代弁者として、国民からも崇《あが》められている尊いお方であるのだが……

そんな聖女様が、どうして私のことをこんなにも嫌っているのか……

いくら考えてみても、まったくわからなかった。

神官長には穏やかに、立場が下の者に対しても、よほどのことがない限りはごく普通に接している。

それがなぜか私に対してのみ、悪霊《あくりょう》に憑《と》りつかれたように豹変《ひょうへん》するのだ。

急にイライラしたかと思うと怒鳴《どな》り散らし、罵詈雑言《ばりぞうごん》を浴びせるのが日常となっていた。

本当に遠くから見かける程度で、高貴な方なのでまともに話したことすらない。どうしてそんなに冷たくあたるのか訳がわからないのだ。

泣きたくもなったが、今まで必死で我慢《がまん》してきた。

親しかった同僚たちも聖女様に倣《なら》い冷たくなり、意地悪《いじわる》になってしまった。神殿の中で絶対の権限を行使できる聖女様に逆らえばどうなるか、簡単に想像がつく。私を庇《かば》ったが最後……同じ目に遭《あ》うか、神殿を追い出されてしまう。

仕方のないことかもしれない……みんな生きるのに必死だから――

けど、そんな私にも心が明るくなるささやかな楽しみがあった。

主祭壇にある神様の像を見て、祈りを捧《ささ》げる瞬間だ――そのときだけは嫌なことも苦しいことも忘れられ、心が穏やかに明るい気持ちになれるのだ。

この神殿に祀《まつ》られているこの国の主神――フィヌイ様の像。

私にとって場違いなところで働いていることはわかってはいる。卑《いや》しい身分のくせに、なぜここにいるのかと陰口を叩《たた》かれていることも知っている。

でもこの神殿にしかない、神様の像をどうしても近くで見てみたかった。その近くで働いてみたかったのだ。

そんなある日のこと、廊下で拭《ふ》き掃除をしているとき。

いつも閉まっている祭壇の扉《とびら》が、少しだけ開いていたのだ。ちょっとだけ神様の像を見たくなり手を止めて、少しだけ中を覗《のぞ》いてみる。

素敵……。

神様のためにも今日も頑張らないといけないと思い、気持ちを引きしめ、後ろを向いたその直後だった。

パリィン……ガジャン……

「え……？」

後ろを向くと、祭壇の上にあった神様の像が床に落ち、真《ま》っ二つに割れていたのだ。

突然のことで私が呆然《ぼうぜん》と立ちつくしていると……。

「なんてことを……。いくら私が気に入らないからといって、この国の守り神であるフィヌイ様の像を壊すなんて……！　なんて底意地の悪い娘なの！」

きっと睨《にら》みつけ、廊下からゆっくりと姿を現した美しい女性——それは聖女様その人だった。

「アリア様……！」

私は真っ青な顔で、聖女の名を口にしていた。

「不穏な気配を感じとり、祭壇の間に来てみれば、我らが神の像を貴女《あなた》が壊すところに出くわすとは……なんて娘なの！　信じられないわ……」

「違いま……私はそんなことしていません……」

震《ふる》える声で、なんとか言葉にする。

——私はそんなことしていない、本当に何もしていないない……。

そう、言葉にしようとしたとき、頬《ほお》に痛みが走った。

手で顔を触ると右の頬が腫《は》れて、ひりひりと痛みを感じる。

そのとき初めて、聖女であるアリア様が、私の顔を平手打ちしたのだと理解した。

じんわりと、目に涙が浮かんだ。涙がこぼれないように必死で我慢する。

「貴女には、天罰《てんばつ》が下るでしょうね」

怒りと憎しみに染まった、薄い水色の瞳が強く印象的だった。

もう何がなんだか、わからない。

だが、すぐに私から視線を外すと、聖女様はよく通る声で人を呼んだのだ。

「すぐにこの娘を追い出しなさい！　このような不届き者を神殿に置いておく必要などありません。神の御心《みこころ》を踏みにじる行為をした者です」

「ですが、神官長は不在ですので……。お戻りになるのを待ってから、処分を下した方がよろしいのでは？」

「私の言うことが聞けないのですか！　神官長が不在なら、全ての権限はこの私にあります。聖女である私の言うことが聞けないのですか？」

駆けつけた神官の方々と聖女様がもめている中、私は懸命に割って入る。

「ち、違います。本当に違うんです。私が後ろを向いて扉を閉めようとしたら、像が祭壇から落ちて、私は何もしていません」

「言い訳なんて、なんて見苦しい！」

懸命に訴えたが、私の言葉など結局、誰にも信じてもらえなかった。そこからの記憶は曖昧《あいまい》だった。

気がつけば、私は自分の荷物ごと神殿から追い出されていた。

「……これからどうしよう。行くあてないしな」

いつまでも、過ぎたことを考えていても仕方がないのはわかっている。でも先ほどのショックから立ち直れないでいた。

◆◇◆◇◆

いつしか日も暮れて、夜の闇《やみ》が広がっていた。

石畳に座りうなだれていると、ふっと何かが近づく気配がしたのだ。

最初に、もふもふとした温《あたた》かい毛の感触が顔にサラサラと触れ、犬の鼻のようなものがぺったと触ったような気がした。

びっくりしてティアが顔を上げると。

目の前の至近距離にふさふさの毛並みをした白い大きな犬のような動物がいたのだ。

——白い狼《おおかみ》だ。

犬にしては大きく精悍《せいかん》な顔立ちだし、何より彫像で見たライオンと同じぐらいの大きさがある。

でも不思議と怖くはなかった。だって、青い瞳がとても優しいもの。

気づかわしげに白い狼は、ティアに鼻を寄せてくる。

思わずティアは、狼の首筋に抱きつくと子供のように泣き出した。もふもふの毛の中に顔を埋めると心が癒され安心する。

そして、彼女はそのまま眠りへと落ちていったのだ。

——ティア、君に決めたよ。よかった……。少しでも元気になってくれて。

眠りにつく直前、そんな声をティアは聞いたような気がしたのだ。


——微睡《まどろみ》の中、柔らかでふわふわの毛布に包まれているようだった。

温かくってとても幸せだ。

いつまでもここにいられたらいいのに——そう思ったとき、ふいに目が覚める。

寝ぼけた状態で、温かい何かに自分が抱きついていることに気がついたのだ。

これは、毛布ではなく生き物。

もふもふと白い毛で覆《おお》われていて、お日様の匂《にお》いがしてとても落ちつく。

……?

そこでようやく我に返ると、抱きしめていたものを慌《あわ》ててぱっと離したのだ。

——顔色、よくなったみたいだね。よく眠れた？

「……！」

狼が人の言葉を話してる！　しかも、私に向かって……いや頭の中に声が響《ひび》いている……？

あれ、まだ夢なのかな？　おかしいな……。目を覚ましたと思ったんだけど……。

ティアは状況が掴《つか》めずかなり混乱していた。

この白い狼——眠りにつく前に見たような気がする。

……まあ、いいか。夢の中なんだし自由に話せば——と深く考えるのは止めることにした。

狼はティアの考えを知ってか知らずか、ふさふさの白い尻尾《しっぽ》をぶんぶん振っている。

「あなたが傍《そば》にいてくれたおかげで、夜は寒くなかったしゆっくり眠れたよ。ありがとう」

——よかった。泣いていたから心配したんだ。

「うん、もう大丈夫。これからのこと考えないといけないし、泣いてばかりいてもしょうがないしね。そういえば、あなたのお名前は？」

——フィヌイ
「？　……！　え〜と、もう一度いいかな？」

——フィヌイだよ。やだなぁ、忘れちゃったの。神殿の祭壇で、朝夕のお祈りの時間にいつ

も会っていたじゃない。最後に会ったのは昨日のお昼過ぎだよね。

「そ、それって、まさか……」

その瞬間、ティアは固まったのだ。え～と……私の想像が正しければ、なんて口を利いたんだろう……！

しかも、自分の名前言ってなかったし。ど、どうしよう！　失礼なこと言っちゃった。

頭の中の混乱を必死で抑えつつ、ティアはなんとか口を開き、

「あの……このリューゲル王国の主神、フィヌイ様？」

――う～ん、そうとも呼ばれているか。でも、ティアは気楽にフィヌイって呼んでいいからね。

白い狼の姿をしたフィヌイ様は、嬉《うれ》しそうに白い尻尾をぶんぶん振っている。

え？　そんなに、フレンドリーな口調でいいの。神様なのに……。ティアは心の中で突っ込んだが、同時に頭の中の知識を必死にかき集める。

フィヌイ様は、男神とも女神とも言われている。神殿の中にあった像も人型を象徴的に模したもの。ただ、白い狼として人の世に姿を現すこともあると伝承で伝えられていたような。

――ティア、神様っていろんな姿形をとることができるんだよ。性別だって好きな方を選べる。だから、気にしなくていいんだよ。

「はい……」

なんだか、フィヌイ様に心の中を覗かれたようで少し恥ずかしくなってしまった。神様に隠し事はできないようだ。

――そうそう、忘れるところだった。ねえ、ティア――利き手を出してくれる。手のひらを見せて！

言われるままに利き手である右手をフィヌイに見せると、ティアの白い手にフィヌイの前足がそっと載《の》せられたのだ。

これって、ワンちゃんの『お手』だよね。

肉球がぷにぷになんだとしょうもないことを考えていると、フィヌイが語りかけてきた。

――これで『癒しの御手』が使えるようになったよ。ティアが新しい聖女、これからよろしくね。

「……え？」

フィヌイの言葉にティアの思考は完全に停止し、卒倒しそうになったのだ。

「待ってください！　いきなり聖女と言われても……なにがなにやら」

ティアは、思わず両手で頭を抱えていた。

これが夢でないことは、はっきりと理解はしたが……

眠気だって今の言葉で吹き飛び、かえって卒倒しそうだ。衝撃が大きすぎる。

「あの……フィヌイ様、質問があるんですが……」

——どうしたの？

フィヌイが不思議そうに小首を傾《かし》げると、

「私、特に美人でもないですし……地味ですよ。寸胴《ずんどう》体型ですし、聖女様って美人って決まっていますよね」

あらためてフィヌイは青い瞳で、上から下までティアを見つめる。

——ふ～ん、確かにティアってお子様体型だね。けど、気にする必要ないよ。

お、お子様体型……！

別の意味で、ティアに衝撃が走る。年頃の女の子には堪《こた》える。本当に……

ティアは今年14歳になる。焦《こ》げ茶色の長い髪に、榛《はしばみ》色の瞳。地味な顔に寸胴体型である。

もちろん、美人という言葉には程《ほど》遠い存在だ。

——今まで聖女って、見た目で選んだことないけどな……

さして興味なさそうにフィヌイは答えていた。

ティアの知識では、聖女を選ぶ基準は前の聖女が亡くなったとき、神殿に神託《しんたく》が下るというものだ。神の導きに従い指定された場所に神官が赴《おもむ》き、新しい聖女を神殿へと迎える。

現在、聖女であるアリア様も確かそうだったはず。

ちなみに歴代の聖女の姿絵を見たことがあるが、みんな美人ぞろいだ。

……？

そこでティアはあることに気づいた。

「あれ……？　アリア様がいますよね。聖女って、確か……1人のはずじゃ……」

――アリアの資格はたった今、剥奪《はくだつ》したよ……。昔は優しい子だったのに本当に残念だよ。

あの子は聖女になってから、変わってしまった。

厳しい声だった。きっと心の中ではいろいろな思いがあるのだろう。

でも、私の気持ちは最初から決まっている。

「すみません。やっぱり私、聖女にはなりたくないんです。私も、アリア様みたいに性格悪くなったら嫌だし、あの神殿の人たちとは、今後一切関わり合いになりたくないので……」

その言葉にフィヌイの表情が、ぱあっと明るくなる。

――なんだ、そんなことか。僕も神殿から飛び出してきたところだから、一緒に旅に出ればいいよ。聖女って神殿にいる必要はないんだよ。これは人の都合なんだからね。

フィヌイは、目を輝かせると嬉しそうに尻尾を振り、跳び回っていた。

朝の霧《きり》が晴れ、白い毛に光が反射して金色に輝いてとても綺麗だ。

戸惑《とまど》いはあったが、こういう人生も悪くないと、思わずティアに笑顔がこぼれたのだ。

2章　ティアの旅立ち

――周りの朝霧が晴れる頃。

リューゲル王国の王都リオンの大通りは、早朝から賑《にぎ》やかな活気に満ちていた。

ちょうどこの日は、月に一度行われる朝市の日と重なり。

市場には、近くの農家から運ばれてきた色とりどりの野菜や果物《くだもの》、鉢植《はちう》えの花などが豊かに並んでいる。

もちろんすぐに食べられるものもあり、手作りの菓子《かし》や朝食の屋台なども並び、街は活気にあふれていた。

屋台から漂《ただよ》う、焼きたてのパンや焼き菓子のいい匂いに、腹の虫がさっきからぐうぐう鳴っている。

ティアはお腹《なか》を押さえると、昨日の夜から何も食べていなかったことに今さらながらに気づいたのだ。

う、う……フィヌイ様のもふもふで、心は満たされたけど、お腹はやっぱり別なんだよね。

当然だけど……

あの屋台のマフィン、美味《おい》しそうだな。いろんなナッツに、洋酒に漬《つ》けたチェリーや林檎《りんご》なんかのドライフルーツが入ってしっとりとして美味しそう。

大通りに軒《のき》を連ねる市場を遠くから恨《うら》めしげに眺めながら、匂いが届かないように奥まった路地へと入る。

——ティアったら、さっきの焼き菓子そんなに食べたかったの？

こくこく——とティアは悲しそうに頷《うなず》き。

さすがに、無駄遣《むだづか》いはできない。

神殿で働いていたときの蓄《たくわ》えはあるが、それでも小さな袋の中に銅貨が15枚と銀貨が2枚。数日で路銀は尽《つ》きてしまう計算だ。

ちなみに今のフィヌイ様は、昨日のような大きな狼の姿ではなかった。街を歩くには目立つということで、姿を変えている。

本人は、狼の子供の姿だと言い張っているが、ティアから見ればただの子犬——

それも……白地に灰色が少し混じっている、もふもふの可愛い子犬なのだ。これはこれで愛らしくって瞬時に心が満たされるが、愛らしすぎて心臓にも悪い。だが、その姿を見ていると少しだけお腹も満たされるから不思議だ。

——そこの焼き菓子。今度、食べさせてあげるからね。

「お金を払うとか、正規のルートでお願いします」

――ふふふっ……大丈夫、店から盗んだりはしないよ。期待して待ってて！

「は、はい……」

お腹が空《す》いているせいか、思考がまともに働かずティアは曖昧な返事をする。

――それよりも、目的地にはいつ着くの？

フィヌイは、後ろからふらふらついてくるティアに尋《たず》ねたのだ。

小さな肉球で石畳を踏みしめている。

お腹が空いてふらふらしながらも、その仕草《しぐさ》を見ているとなぜか元気が出てくるから不思議だ。空腹でふらふらだったのに頭がシャキッとする。

神様の威光って本当にすごいと、他人が聞いたらよくわからないところで感心してしまう彼女ではあったが……

「もう少しです。そこの店先に吊《つ》るされている、牡鹿《おじか》の鉄製の飾り看板が見えますよね。その角を曲がって、2軒隣の建物です」

――ここだね。

「はい、この建物です」

見上げれば、灰色の石造りの建物がそこにはあった。ちょっとしたお屋敷のようで、造りは神殿の建物に似ている。

ティアは居住《いず》まいを正すと、着ているローブを整え、目を見られないようにフードを深く被《かぶ》り直した。

呼吸を整えると、呼び鈴《りん》を静かに鳴らしたのだ。

チリン……チリン
人が出てくる間、フィヌイは尋ねてくる。

――ここは、どこ？

「救護院です。孤児院にいるときお世話になった、先生がいます。ここなら最低でもご飯を食べさせてもらえますよ」

ティアはにこにこと、嬉しそうに笑うのだった。

救護院とは、主に貧しい人たちを助けるところで炊《た》き出しなどを行っている。また、病院のような役割も兼ねている施設である。

神殿が運営する組織のひとつで、ティアが育った孤児院とは同列に位置していた。


しばらく待っていると扉が開き、修道女が対応に出てきたのだ。

ティアが事情を説明し院長に面会したい旨《むね》を伝えると、院長に確認を取ってくると言われ外で待たされることになった。

前もって約束をしていたわけではないので、これは仕方がない。

ティアが孤児院を出てから先生はこの救護院の院長になったと噂《うわさ》で聞いていただけで、それ以降の面識はなかったのだ。

先生が会ってくれるなら、相談に乗ってくれるかもしれないのでそれはそれで良し。仮に会えなくっても、ご飯だけは無料で食べさせてもらえるところだから、食事をしたらそのまま帰ればいい。

待っている間、入口《いりぐち》の石の階段に座り青空に流れる白い雲をぼんやりと眺めることにした。

――ねえ、先生ってどんな人なの。

フィヌイが横に寄り添うように、ちょこんと座る。

「温かい人かな――誰に対しても平等で、お母さんみたいな人」

――ふ～ん、そうなんだ。

話を聞きながらフィヌイは尻尾を振っている。

そんな何気ない会話をしていると、ふいに扉が開き先ほどの修道女が姿を現したのだ。

「お待たせいたしました。院長がお会いになるそうです。どうぞこちらへ」

修道女に促されて、ティアは子犬（？）姿のフィヌイを抱きかかえ建物の中へと入る。

薄暗く長い廊下を歩いていくと、正面に大きな扉が見えてくる。

案内の修道女がノックをすると中から返事があり、扉が開かれたのだ。

そこは執務室のようで、室内には机と本棚があり、その前には懐《なつ》かしい柔らかな雰囲気の女性の姿があった。

女性が下がってもよいと合図《あいず》をすると、修道女は一礼して扉を閉め廊下へと去っていく。

扉が閉められたのを確認してから、柔らかな雰囲気の女性はティアに優しく声をかけた。

「久しぶりね。ティア、元気だった」

「は、はい。アイネ先生、本当にお久しぶりです」

久しぶりの再会にティアの涙腺《るいせん》が緩《ゆる》み、思わずウルっとなる。

アイネは40代後半だというのに、相変わらず年齢よりも10は若く見えた。柔らかで温かみのある雰囲気で、会うだけでほっと安心できるお母さんのような存在だ。

「立ち話もなんだから、座って。お茶を淹《い》れるわね」

「はい」

ティアは言われるまま席へと座る。

「そちらの子は？」

彼女に抱えられている子犬に気づきアイネは声をかけたのだ。

……まさか、主神のフィヌイ様です――なんて言えるはずもない。

言ったところで傍《はた》から見れば、ただの頭のおかしい奴だ……

「大丈夫です。この子、とてもおとなしいのでこのままでお願いします」

必死で言い訳を考え誤魔化《ごまか》す。

かなり苦し紛《まぎ》れだったが、アイネは納得してくれただろう。多分……

そして、ほどなくしてお茶が出され飲み終わった頃合いに、アイネはふと話しかけてきた。

「ティア、神殿で何かあったのね」

「……」

唐突な問いかけに返す言葉もなく、ティアは思わず沈黙してしまったのだ。

「やっぱり……。様子がおかしかったから気になっていたのよ」

それに――とアイネはそこで言葉を切ると、

「昨日の夕刻、神殿からの使者が来たの。貴女がここに立ち寄ったらすぐに追い返すように言ってきたわ」

「えっ……」

ティアは弾《はじ》かれたように顔を上げる。そこまで意地悪をしてくるのか……。なんて奴らなのかとふつふつと静かな怒りが湧《わ》いてくるが。

アイネはお茶を飲みながらティアの様子を静かに見つめていた。

「ティア、落ち着いて。この話にはまだ続きがあるのよ。今日の早朝だったかしら。また例の使者が来て、今度は、貴女がここに立ち寄ったらすぐに神殿に報告するようにですって」

「先生は、私が救護院に来ていることを神殿に報告するんですか？」

アイネは静かにかぶりを振ると、

「いいえ。あの人たちの言うことはあまりにも不可解だもの、信用できないわ。私は自分の目で見て判断したいと思っているの。ねえ、私に神殿で何があったのか話してみない。話せる範囲でもいいから……」

ティアは膝《ひざ》の上にいる神様を見たが、フィヌイは子犬のふりをして気持ちよさそうに眠っている。いや、よく見れば耳がぴんっと立っているので完全に寝たふりだ。

どちらにしろ神様の助言は期待できないとティアは諦《あきら》め、自分で答えることにした。

もちろん、白い狼の姿をした神様と出会い不本意だが聖女になってしまったことは伏せて、それ以外のことは全て話したのだ。

フィヌイ様との出会いについては、１人で泣いていたときにどこからともなくやってきて私に寄り添ってくれた子犬ということにする。

決して嘘ではない！　肝心《かんじん》なところは話していないだけで……

「そう……。そんなことがあったの——そんな理不尽に、ティアは今までずっと耐えていたのね。ごめんなさい。私……貴女の力になってあげることができなかった……」

「そんな、謝らないでください。先生が悪いわけじゃない！　悪いのは神殿の奴らですからどうか顔を上げてください」

顔を上げるとアイネは、ティアの手を両手で優しく包み込み。

「貴女がそんなひどいことする子じゃないって私が一番よくわかっているわ。私は貴女のこれからの幸せをずっと願っている」

「ありがとうございます。先生、その言葉だけで十分です」

ここにも自分のことを気遣《きづか》ってくれる人がいてくれた。心が温かい気持ちでいっぱいになる。

「でも、おかしいわ。なぜフィヌイ様の神像が真っ二つに割れたのかしら。これって、神託なのかもしれない……」

「あ、そういえば……」

それに関してはあまり深く考えていなかった。

だが、ふと気がつくと膝の上で、もぞもぞとフィヌイは動き出していた。目を薄っすら開けるとティアの顔を見つめ、

——それは僕が、後ろ足で像を蹴り飛ばしたから壊れただけ。神殿を出ていくっていうただ

の意思表示。正確にその意味を理解できる人は、神殿にはいなかったみたいだね。もしかしたら今頃、僕がいなくなって神殿では大騒ぎになっているかもしれないけど。

フィヌイは気持ちよさそうに、大きくあくびをするとまた目を閉じたのだ。

ティアは呆然とし、膝の上で寝たふりをしているフィヌイを見つめていた。

もふもふで愛らしい姿をしている神様を見ていると、なんだか複雑な気持ちになる。

神託っていったい……

人から見れば神からの大きな啓示《けいじ》に見えなくもないが、実際には神様が自分で像を蹴り落としただけって、どうなの……

いや、それよりも主神であるフィヌイ様がいなくなったって神殿の人たちが気づいたら、ここでゆっくりお茶なんか飲んでいる場合じゃないかも、早く逃げないと。

——それは大丈夫。今は神殿の奴らは動けないよ。かえって、今日はじっとしていた方がいいよ。

頭の中にフィヌイ様の声が響いた。

それはどういうことなのかと質問しようとしたとき、

「ねえ……ティア、大丈夫。どこか身体の具合でも悪いの？」

アイネの心配そうな声に、はっと我に返ったのだ。

「いえ、その、だ、大丈夫です。なんでもありませんから」

「そう、急におかしな顔で黙り込んだから具合でも悪いのかと」

「ちょっと……考え事をしてしまってハハハ……」

手を振りながらぱたぱたと笑って誤魔化す。

これから、フィヌイ様と話をするときは気をつけないといけない。

「それにしても神殿は、午後の天赦祭《てんしゃさい》はどうするつもりかしら？　神託が下ったかもしれないというのにこのまま続行するの……」

「あ、今日は天赦祭でしたね」

いろいろありすぎてすっかり忘れていた。

天赦祭とは、年に二度、夏至《げし》と冬至《とうじ》の日に午後の一刻《いっこく》だけ聖女が民衆の前に姿を現す行事だ。

民衆の中から選ばれた数人が、神殿の中へ入り、聖女の奇跡である治癒《ちゆ》を受けることができる。

だが蓋《ふた》を開けてみれば、お布施《ふせ》の金額が多い人が呼ばれているだけだ。

それでも民衆にとっては、普段は神殿の奥深くにいる聖女が自分たちの前に姿を現してくれる特別な日。観光客も含め大勢が押し寄せ、街は午後からお祭り騒ぎとなる。

せめてその姿を一目見ただけでも幸せが訪れると信じられているが……ティアには不幸しか訪れなかった。

が、いや待てよ。

不幸の最後には、神様と話ができるという大幸運に恵まれたではないか。あながち嘘ではないのかもしれない。ということで愚痴《ぐち》を言うのは止めておくことにしよう。

「でも、ここでいくら考えても私たちには関係のないことよね。ティアも今日はゆっくりしていきなさい。さっきの話では王都を離れるってことだったけど、出発するなら明日以降にしなさいな」

「泊めてくれるんですか？」

「ええ、そのつもりだけど、もう出ていってしまうの？」

「いいえ、本当に助かります！」

ティアは顔をぱっと輝かせると、アイネにお礼を言う。

「それじゃ、そろそろお昼ご飯にでもしましょうか」

アイネは席を立つと、扉を閉め廊下へと去っていったのだ。


「いや〜、美味しかった。満腹になるとこんなにも幸せなんだ」

——食べすぎじゃないの？

「そんなことないですよ。これでもまだ腹八分目ですから……」

――ふ〜ん、そうなんだ。

「フィヌイ様、なんですか。その、ふ〜んって」

――そのままの意味だよ。ティアってよく食べるんだなって感心しちゃった。

真っ白な尻尾をふりふり、本当に感心したようにティアを見つめている。

……乙女心は複雑だ。大食いを神様に褒《ほ》められてもなんか嬉しくない……

今日は天赦祭ということもあり、救護院の食事はいつもより豪華なのだ。

といっても、神殿の偉い人たちの食事に比べればもちろん質素だ。それでもティアのような下働きの人間が普段口にしているものと比べると、はるかに美味しく感じるものばかりだ。

いつも口にしていたのは、薄いスープに固いパン。たまに蒸《む》したジャガイモがついてくる程度。まあ、救護院の食事も普段はそんな感じらしいが、それでもここの料理担当者はかなりの腕前と見た。


あの後――ティアと子犬姿のフィヌイは救護院の客室に案内され、その部屋ですぐに昼食となったのである。

内容は、魚入り野菜スープと固めのパン。

神殿にいた頃と同じようなメニューだが……それは大きな間違いだった。

このスープがまた絶品なのだ！

スープの中にはじっくりと煮込まれた玉ねぎやキャベツ、ニンジンの甘みがよく出ていて、それでいてほくほくのジャガイモ……。これがまた美味しい。

そして、この淡泊《たんぱく》な白身魚の干物《ひもの》。少し入っているだけにもかかわらず、これがまた良い出汁《だし》になっている。魚の臭《くさ》みもハーブで消され後味がしつこくなく、いくらでも食べられるのだ。

胃袋が空《から》になっていても身体に優しい味で、いくらでもお腹に入ってしまう、この美味しさ！

結局、ティアはスープを3杯もお代わりしてしまったのだ。

今日は多めに作ったのでお代わりしてもいいと言われ、お言葉に甘えてしまい、食べ終わってから考えると女子としてさすがにお代わりしすぎたと反省する。

一方、子犬姿のフィヌイ様は、給仕係の女の子に愛敬《あいきょう》を振りまいて山羊《やぎ》のミルクももらっていた。

共にお腹も膨《ふく》れて、食後の休憩をしながらティアたちはくつろぐことにした。

そうしてしばらく休憩していると、フィヌイ様はふと何を思ったのか前足でミルクが入っていたお皿をパシッと叩いたのだ。

ちなみにミルクは綺麗に飲み終わった後なので、中身が飛び散る心配はなく、子犬の軽い力の反動でお皿がカタカタとバランスを崩《くず》し、揺れるに留《とど》まる。

——そうだ！　ティア、言わなきゃいけないことがあったんだ。

「どうしたんですか？　フィヌイ様」

——そのしゃべり方。他人行儀に聞こえるから、敬語禁止ね！

「いや、でも」

神様に向かって、しかもこの国の主神に向かって敬語なしでいきなりしゃべれと言われても困るし、正直難しい。

ティアは少し考えると……

「……。わかりました。でも、いきなりは無理なので少しずつ、直すようにしますからそれでいいですか」

——むぅ……、わかった。それでいいよ……

少しむくれてはいたが、なんとかフィヌイ様は納得してくれたようだ。

「ねえ、フィヌイ様。ご飯も食べさせてもらったし、私これから救護院のアイネ先生のお手伝いに行こうかと思います。この部屋、空けてもいいでしょうか」

——いいよ。けど、僕もついていくからね。

子犬と一緒はちょっと……と思っているとその考えを読んでか、

——姿は消すから大丈夫。もちろんティアにはしっかり見えるようにするし、それ以外の人には絶対に見えないようにするからね。

言うが早いか、ぶるっと身体を震わせると、元の大きな白い狼の姿に戻ったのだ。

気がつけばティアは、またフィヌイに押し切られてしまったのだ。

再びティアは、執務室のアイネの元を訪れていた。

救護院の手伝いをしたいと申し出ると彼女はとても喜び、話を聞けば人手が足りなく困っていたらしい。

それじゃお願いしようかしら――とアイネは快諾《かいだく》してくれたのだ。

院長であるアイネにお礼を言うと、ティアは隣の棟《むね》にある医療施設へと向かう。

救護院は貧しい人を助けることを目的とし、貧民への炊き出しの他に、無料の医療施設の運営も神殿から任されているのだ。

ティアが手伝う場所は、無料の医療施設と決まった。

まずは指定されたいくつかの病室の掃除。それが終わったら夕食前に、患者たちにお茶を淹れて回ることが今日の仕事だ。

医療施設の担当者から掃除用具を借りると、さっそく掃除に取りかかる。

そこは空き部屋で、間もなく患者用のベッドが運ばれてくる。それまでに綺麗に拭き上げ、掃除を済ませてほしいとのことだ。

——ねえ、ここの建物って古いけどよく磨《みが》かれて掃除が行き届いているよね。

物珍しげに、周りを見回しながらフィヌイが問いかけていた。周りに人がいないことも確認してくれているようだ。

「私もそう思います。どうやら衛生環境を整えないと伝染病の原因にもなるそうで、常に清潔に保つように心がけているそうですよ。聞いた話では、予算は神殿よりはるかに少ないのになんとかやり繰りしているとか……」

——そういえば、神殿では鏡みたいにぴかぴか磨かれていたよね。あれって予算があるから。

「ふふふっフィヌイ様、それは私を始め下働きの者が、朝から晩まで塵《ちり》ひとつ残さないよう、掃き上げ磨き上げている努力のなせる業《わざ》です。ここだって、お掃除の達人である私が来たからには神殿みたいに綺麗にしてみせますよ」

なぜか自信満々のティアに、フィヌイはぽかーんとなる。

——あの……掃除に誇りを持つんじゃなくて、ティアは聖女だってこと覚えてるよね？

「あ、すっかり忘れていました」

——……そうなんだ。

フィヌイはぷいっと背中を向けるとその場に座り込んでしまう。

耳が垂《た》れ、尻尾も力なく床に落ちている。心なしかひと回りも小さく見え、背中からは哀愁《あいしゅう》が漂っていた。何やらぶつぶつと独り言も呟《つぶや》いているし……

——いいんだ、いいんだ僕なんか、とか……ティアなんかもう知らない、とか——完全にいじけていた。

「フィヌイ様……。そんなにいじけないでください。ちゃんと私、聖女だって覚えていますから。ね、機嫌直してください」

——本当に？

まだ、疑うような視線を向けてくる。

「はい、ちゃんと聖女としての務めも果たしますから」

——ふふふっ、やっとその気になってくれたね。掃除が終わったら患者さんにお茶を淹れるよね。そのときに、さっそく癒しの御手を使うからそのつもりで準備しておいてね。

耳をぴんっと立てると、いつの間にかフィヌイは元気を取り戻していた。

そしてティアが患者さんにお茶を淹れる時間となり、フィヌイの指示のもと患者さんにさり気なく触れ、癒しの御手と呼ばれる聖女の奇跡を初めて使ったのだ。もちろん、こっそりとだが……

その日の夜——全てが終わったときティアはへとへとに疲れ果て、自室のベッドに倒れ込むように突っ伏したのだ。

◆◇◆◇◆

――この世界には、魔法が存在する。


魔力の大きさは人それぞれだが、微力ながらでも全ての人は魔力を持って生まれてくるのだ。

ただその魔力を開花させるには、魔法学院に通うか、優れた師匠《ししょう》について学ぶしかない。

魔法学院で学ぶ場合、魔力の才能の他に多額の学費が必要となる。つまり通うことができる者は限られ、大富豪か貴族以上の身分の者、魔法の秘術を受け継いでいる特別な家系の者のみ。

また稀《まれ》にだが、潜在的に高い魔力を持つ者が特待生として迎えられることもある。だが、それもごく僅《わず》かしかいない……

それほど、普通に生活する人々にとって魔法は遠い存在――

だがその魔法も、大きく分けて攻撃魔法と治癒魔法の2種類が存在する。

攻撃系の魔法は、地・水・風・火の4大元素を源《みなもと》としており、相手に危害を加える使い方がほとんどで戦乱の時代には重宝《ちょうほう》されていたが、平和な時代が訪れると疎《うと》まれ、いくつかの一族がその秘法を細々《ほそぼそ》と受け継ぐのみ。

一方、治癒系の魔法については、神官たちの間で大きな発展を遂《と》げていた。神の威光と結びつける目的もあったため、神の力で奇跡を起こせると謳《うた》っているのだ。

それでも、かなり熟練の治癒魔法の使い手、つまりは神官でも中度の怪我や病を治す程度にとどまり、重い病や怪我を治すことはできない。

ただ1人、聖女を除いては——

聖女は神の代行者であり、神の力を直接体内に取り込み、その神力《しんりょく》で癒しの御手を使うことができる。

死者蘇生《そせい》以外であれば全てが可能。重い病や怪我だって治すことができるのだ。

ただし、その使い手が人間であることを忘れてはいけない……

現在は平和な治政《ちせい》が続いており、普通に平民として暮らしていれば魔法を見ることもなく一生を終える人も多い。そんな時代でもあった。

◆◇◆◇◆

ティアはゆっくりと目を開けた。

初めに部屋の天井が見え、次に白くて大きな動物が見えた。青い目がとても綺麗で、よく見ればもふもふの白い狼が心配そうにこちらを覗き込んでいるようだ。

──ティア、気がついたんだね。

真っ白な狼の耳が、しゅんとして申し訳なさそうに垂れている。

「フィヌイ様……？」

──よかった……。このまま目が覚めなかったらどうしようって、すごく不安だった……

「……？」

ティアは今までの出来事を思い出していた。

「そういえば、私……救護院の手伝いが終わった後、ふらふらになりながら部屋に戻って、自分のベッドで眠っていたような……」

──その疲労は……癒しの御手を使いすぎたからなんだ。つい久しぶりで張り切っちゃって、ティアの体力の限界を考えていなかった。本当にごめんね。

「そんな、謝らないでください。私も使ってみるって言っちゃたし、気にしなくっていいんですよ。我儘《わがまま》はおあいこです」

そう言いながらフィヌイの首筋をゆっくりと撫《な》でる。外側の毛は固めだが、内側の毛は密集してとても柔らかい。もふもふしてやっぱり幸せな気分になる。

──ティアは優しいね。

「優しいのはフィヌイ様ですよ。私、今がとても幸せです。ずっと独りぼっちだったから……傍にいてくれて嬉しい」

フィヌイは何も言わなかったが、その温《ぬく》もりから心の温かさが伝わってきたのだ。

ティアはベッドの中で、ふと自分の手を毛布から出すと右手をまじまじと見つめる。

「そういえばフィヌイ様。私……ちゃんと癒しの御手使えていたのかな。患者さんたち具合がよくなったように見えなかった。本当に大丈夫だったのかな？」

――ティアはちゃんと務めを果たしたよ。患者たちの病も傷も、今は癒《い》えている。

「でも……患者さんたち、すぐによくなったようには見えなかった」

フィヌイはどことなく悪戯《いたずら》っぽい表情で、

――だから『聖女』だって名乗ればよかったのに、その方が効果は大きいのにね。

「それは嫌です……だいいち大騒ぎになるじゃないですか。それに聖女だっていうのがどう関係してくるんですか？」

――人には思い込みがあるんだよ。

「思い込み……ですか？」

フィヌイはぶるっと震え、子狼の姿になるとティアの目の前にちょこんと座ったのだ。

――例えば、具合が悪いとか自分は病気だ、大きな怪我で傷口が痛むと思えば、たとえ治っていたとしてもその症状は続いていく。逆に聖女に治してもらったと思えば、実際に治っていなくてもその気になってしまうものなんだよ。

「それって……気持ちの問題なのかな」

――そういうこと。本人たちも数日以内には治っていることに気づくんじゃないかな。でも包帯《ほうたい》を巻いている人は、明日の朝には新しいのに交換するから、そのときに気づいちゃうね。

「なるほど……」

それで大騒ぎになる前に、明日の朝には救護院を出発しなければと、ティアは密《ひそ》かに決意する。

――そういえばティア、身体の調子はどう？　どこか具合の悪いところはない。

「……ん？　言われてみれば、眠る前はあれだけ節々《ふしぶし》が痛んで怠《だる》かったのに……今はなんだか身体が軽いような。それになんだか朝よりも調子がいいみたいです」

フィヌイはふさふさの尻尾を嬉しそうに大きく振ると、

――よかった。僕の治癒の神力が効いたみたいだね。

「フィヌイ様が治癒の力を使ってくれたんですか？」

――えっへん。こう見えて僕は神様だからね。治癒系の回復も得意なんだよ。

もふもふの神様が肉球で治癒の力を使ってくれる。なんて贅沢《ぜいたく》！　とティアはまた視点がズレたところで感動していたのだ。

疲労も取れホッとしたのだろう。ふいにティアはあることに気づいたのだ。

お腹が空いたと思った瞬間……ぐぅぅ～と腹の虫が鳴り始める。

「そういえば、夕飯は……!!」

――もう過ぎちゃったよ。今、夜中だよ……

部屋の周りを見渡せば、フィヌイが使っているミルク皿が新しいのに変わっているではないか。

――言い忘れてたけど……給仕係の人がさっき来てたよ。ティアが起きないから、僕のご飯だけ置いて帰っちゃった。そのとき、僕はしっかり食べておいたからお腹はいっぱいだよ。

ティアは恨めしそうにフィヌイを見つめると、

「ズルい。フィヌイ様だけ……」

――いや、だってティア、起きなかったじゃない。

ティアはベッドからむっくと起き上がると、上着を羽織《はお》り、

「今から厨房《ちゅうぼう》に行って、残り物でもいいからもらってきます！」

――夜中だよ！　みんな寝てるってば……

「これじゃ、お腹が空いて私が眠れないんです。なんでもいいからもらってくるので、フィヌイ様はここで待っていてください！」

ティアとフィヌイが騒がしく言い合いをしていたちょうどそのとき——

トントン……

控えめだが突然、扉をノックする音が聞こえたのだ。

扉のノックの音と共に、ティアはフィヌイと顔を見合わせる。

「どうしよう。夜中に騒いでいたから苦情かな……？」

「キャウ？」

フィヌイに助けを求めたが、小首を傾げて何を言っているのかわからないという顔をしている。

完全に子犬のフリを決め込んでいた。

拳《こぶし》を握《にぎ》りしめフィヌイの態度にちょっと腹も立ったが、考えてみれば騒ぎ出したのはそもそも自分だし……渋々《しぶしぶ》だがティアは自分で対応することにした。

「はい、どなたでしょうか」

「ティア、私よ。アイネ——夜遅いけど少し話をしてもいいかしら？」

その言葉に慌てて扉を開けると部屋の中へと入ってもらう。

「ごめんなさいね。こんな夜中に……」

「い、いえ、そんなことないです」

さっきまで騒いでいたので大それたことなど言えるわけもなく、しどろもどろで答える。

「ふふふ……それならよかったわ。貴女、夕飯を食べていないって聞いたから少し持ってきたのよ」

「食事を持ってきてくれたんですか！　ありがとうございます！」

ティアの目がキラキラと輝く。

「ティアは孤児院にいたときから食いしん坊だったからお腹を空かせているんじゃないかと思って、当たりだったわね」

「はい。ちょうど何か食べたいって思っていたので助かります！」

——さっきまで厨房へ、突撃する勢いだったもんね！

フィヌイに思いきり痛いところを突かれたが、完全にスルーすることにした。

そんな様子など気づかずに押してきたカートの上段から、アイネは器《うつわ》とパンを取り出してくれている。

食事の内容は、少しのベーコンと、野菜と豆がたっぷり入ったトマトスープ、それに白パン。

器は木で作られているため、保温性が高くスープはまだ温かいし、器の底も深く具もたっぷり入っているので、お腹も膨れる。美味しくって至福のひとときだ。

ティアはあっという間に食べ終わると、ようやく人心地《ひとごこち》ついた気分になり、

「昔からちっとも変わっていないのね。ティアは……」

「先生……」

アイネは優しく笑い、ティアを慈《いつく》しむように見つめていた。

だが、ふと我に返ったように軽く手を叩き、

「そうだわ。ここに来た理由、忘れるところだったわ」

そう言いながら、カートの下段に載せていた荷物をごっそりと取り出したのだ。

「貴女が旅に出ると聞いて。私が昔、巡礼《じゅんれい》の旅に出たときに使っていたものを引っ張り出してきたのよ」

床に並べられたのは、旅装で使う修道女のローブ、ブーツ、カバンに薬草等々。

「ほとんど、お下がりで申し訳ないんだけど」

「こんなにたくさん……少しでもお金を支払わせてください」

「そんなものはいらないわ。ほとんど物置の奥に眠っていたものよ。使ってくれればそれだけで助かるわ」

——ティア、せっかくなんだし全部もらっちゃいなよ。

神様の助言もあり、ティアはその好意をありがたく受けることにする。

「それじゃ、お言葉に甘えて」

「フフフ、受け取ってくれてよかったわ。ほら、この修道女のローブ。ちょうどティアぐらい

の年に私が着ていたのよ。サイズもちょうどいいみたい」

アイネの木苺《きいちご》のような赤い瞳が優しく微笑んでいる。どことなく少し寂《さび》しげな微笑みで、

「私ね……。貴女と同じぐらいの年に家を出て修道女になったのよ」

「先生は貴族の出身だって、他の人が言ってたの聞いたことがあります」

「そうね……確かに似たようなものかしら……家督《かとく》は兄が継いでいるから問題はないのだけど……」

歯切れの悪い話し方だった。ティアはそれ以上聞くことができなかった。誰だって、話したくないことのひとつやふたつはあるものだ。

「結局、家のしきたりに我慢できずに飛び出したの。でも、今はそれでよかったと思っている。自分が進みたい道を歩んでいるのだもの。後悔はしていない。だから、ティアにも後悔のない道を進んでもらいたいの。ただ流されるだけじゃない自分で選んだ道を――きっと、昔の自分と重ねているのかもしれないわね」

「私、アイネ先生に出会えてよかったです」

「ほんと、そう言ってもらえると私も嬉しいわ。それじゃ、そろそろ部屋に戻るわね。おやすみなさい、ティア」

「はい、おやすみなさい」

アイネはカートを押し部屋を出ていく。

だが、何かを思い出したのか扉の前で振り向くと、

「肝心なことを言ってなかったわね。ティア、それに貴方《あなた》も夜中は静かにしましょうね」

アイネはいつものように優しく微笑んでいたが。

その瞬間……ティアとフィヌイは動きを止めピッキと固まったのだ。

周りの空気が一気に真冬の氷点下まで下がったような錯覚に陥り。

笑顔なのに怖い……怖すぎるのだ。威圧感がすごすぎるとでも言うべきか……

だが部屋の様子など気にもせず、アイネは扉を閉めると自分の部屋へと戻っていったのだ。

◆◇◆◇◆

今日は、朝の空気がとても澄《す》んでいた。

夜のうちに雨が降ったようで、少し肌寒い気もするがとても清々《すがすが》しい気分だ。周りを見れば、石畳のあちらこちらに水たまりができているしとても綺麗。

「結局、救護院を出たの、予定より遅くなっちゃった……」

――かえって、このぐらいの時間の方がちょうどいいよ。ティアだってしっかり朝食とって

いたものね。

「うん、朝ご飯も美味しかった！　それにフィヌイ様。出された食事に手をつけないなんて失礼ですよ！」

――そ、そうだね……

なんとも言えない表情で子狼姿のフィヌイは、ぼそっと呟いたのだ。

「でも、今日は人通りが多いですね」

――昨日は天赦祭だったからね。遠方から来た人たちは、一泊《いっぱく》して今日の朝に帰る人が多いんだよ。

「なるほど、これだけ人が多ければ東の大門もすんなり通れそうです。けれど……」

衛兵が多い大門を通るには、目立つ要素は少しでも減らしておかないといけないとティアは考え、そして、フィヌイにチラッと目をやると、

「フィヌイ様、ちょっと失礼しますよ」

と言い終わらないうちに、よいしょっと、見た目は子犬のフィヌイを抱きかかえると、肩掛けカバンの中にそっと入れようとしたが、ちょっと大きくって無理があるかなっと思っていると――フィヌイはそれを察し、もう少し小さなサイズに変化しカバンの中に納まったのだ。

カバンの隙間《すきま》から、フィヌイは顔だけをちょこんと出すと。

――どうしたの、いきなり？

ティアは口元に握り拳を当て、コホンとワザとらしく咳《せき》をすると、

「フィヌイ様。あなた様の姿は、青い目と白い子狼の姿とはいえ目立ちすぎます。東の大門を通過するまで、このままの姿で我慢していただけないでしょうか？」

――？　別にいいけど、門を潜《くぐ》るときだけカバンの中に隠れるってことだよね。

「はい、ありがとうございます！」

もっともらしいことを言ったが、ただ単にカバンから顔を出すフィヌイの姿を見たかっただけだ。

可愛いだろうと思いやってみたが、予想以上に可愛すぎる！

神様に対し不純な動機ではあったが、想像以上に可愛く大満足のティアだった。

――僕はいいとして、ティアはどうするの。

「私ですか……？」

――ひょっとして、気づいてないの。試しにそこの水たまりに顔を映してみなよ。

言われた通り路地の奥に行くと、水たまりに自分の顔を映してみる。

いつもと同じ見慣れた顔に焦げ茶色の長い髪。

そして、透けるように綺麗な青い瞳――

「青い瞳って……？」

私の目の色は榛色だよね。

見間違いかと思いもう一度水たまりに自分の顔を映してみたが……

「そういえば忘れてた！　聖女の瞳は青色になるんだった……！」

その場にティアはへなへなと座り込む。

もしかして救護院にいるときから目は青かったとか……

——そのときはまだ水色だったよ。少しずつ青くなっていったからほぼ誰も気づいていないよ。あ！　でもアイネだけは気づいていたみたいだね。

「先生……気づいてたの？　何も言われなかったけど……どうしてなんだろ」

——孤児院にいたときから、ティアのこと知っていたんでしょ。わかっていながら黙って送り出してくれたんだよ。まあ、神殿の奴らより信頼できるから下手に誰かに言うことはないし大丈夫！　ちなみに僕が神だってことも薄々《うすうす》気づいていたみたいだね。元は魔力の強い家系出身だし、神力の動きも察知できるからね。

「先生のことは私も信頼しています。それよりも、この瞳の色……なんとかならないんですか〜」

——別にいいんじゃない。このままでも、僕とお揃《そろ》いだよ。

「明らかに目立ちすぎるんですよ～」

――ええ～　仕方ないな……

フィヌイは口の中でぶつぶつと何やら唱《とな》えると、ティアにもう一度水たまりに顔を映すように促す。

ティアが恐るおそる顔を映すと、今度は瞳の色は薄い水色になっていたのだ。

「これなら人が大勢いる場所でも大丈夫そう。ありがとうございます、フィヌイ様！」

ティアは喜んでいたが、フィヌイは不満そうな顔でむくれていた。

――つまんない。せっかくお揃いだったのに……

「できるだけ……リスクを避けるためですから。これで快適な旅が楽しめるんですよ。ね、だから機嫌直してください」

――わかったよ……僕もティアと旅をしたいから、それくらい我慢する。

フィヌイも納得してくれ、ティアはほっと胸を撫で下ろしたのだ。

――ねえ、ティア。普通の距離なら瞳は水色のままだけど、至近距離で顔を見られないように注意してね。

「……？」

――光の屈折で、遠目には色が変わったように見えるけど、すごく顔を近づけると青い瞳だってわかっちゃうんだ。青い瞳は神の代弁者の証、これだけは譲《ゆず》れないよ。

「それなら、大丈夫ですよ」

至近距離で顔を見られることなどまずないだろうと、そのときのティアは軽く考えていたのだ。

「そんなことより、ここから大通りに入ります。すぐに東の大門が見えますから、カバンの中に隠れてください。私もここからはフードを深く被って顔を隠すことにします」

フィヌイは素直にカバンの中へと潜《もぐ》り、ティアもフードで顔を隠した。


リューゲル王国の王都リオンは、かつては城塞《じょうさい》都市とも呼ばれていた。

戦乱の時代の名残《なごり》もあり、王城を中心として隣には神殿と庁舎があり、その周りに街が広がっている。さらに、その周りはぐるっと城壁に囲まれていたのだ。

外へ出るための門は東と西に1つずつあり、ちょうど街道に沿って門が造られている。

今、見た目は子犬にしか見えない主神フィヌイの神託は、東の大門から街道沿いを歩くようにとのことだ。

そう言ってしまえば大袈裟《おおげさ》に聞こえるが……

——行きたいところはある？　と聞かれ、ティアがふるふると首を振ったので、それじゃこっちね。——と簡単に決められてしまったのだ。

身支度《みじたく》を整え大通りに入ると、通りは大勢の人であふれていた。

フィヌイ様にカバンに入ってもらったのは正解だったかもしれない。と思いつつ……いや、神様だから姿を消してもらえばよかったのではと……今さらながらに気づくティアだった。

しばらく道なりに歩いていると、見上げるほど大きな巨大な門がその姿を現す。

門の左右には、背が高くがっしりした衛兵が数人立っている。これは想定していた通り。

だが、それに加え数人の神官の姿も見える。しかも気まずいことに顔見知りの姿もある。これは、私のことを探していると見て間違いなさそうだ。

ティアは顔が見えないようにフードをさらに目深《まぶか》く被る。門を通るだけ、歩くだけなのに喉《のど》がからからに乾いて緊張するし、足元もおぼつかない。

ふと、門の横にある見張り台を見ると、黒いローブ姿の人物がこちらを見ていたのだ。

なんだか不気味《ぶきみ》だし嫌な予感がする。神官たちよりも、こいつの方が危険な気がする。

フィヌイ様はカバンの中で丸まっているが、今は絶対に声をかけない方がいい、そんな気がしたのだ。

いつもと同じように歩こうとしたが、足が震えていた。

どうしよう、見つかっちゃう……そんな考えに囚《とら》われていると、ラベンダーの匂いにふんわりと包まれたのだ。

アイネ先生からもらった、このローブの匂いだとすぐに気づき。

ラベンダーは確か防虫剤として使われている。不思議なことにこの香りを嗅《か》いでいると心が落ち着いてくるのだ。

カバンの中のフィヌイ様の温もりと、ラベンダーの香りに助けられ、ティアは冷静さを取り戻し。

ひたすら前を向いて、石畳を歩くことだけに集中する。そして気がついたときには門の外にいた。

思わずほっと息を吐《つ》くと、群衆に混じり休まずそのまま街道を歩き続ける。

しばらく歩くと、初めて後ろを振り返ったのだ。

フードを首の後ろに落とすと、眼下《がんか》に広がる街を眺める。

「街があんなに小さく見えるなんて……」

ここでようやく、もぞもぞとフィヌイはカバンから顔を出したのだ。

――そうだね。ここからが、ティアの旅立ちだね。

ティアは笑顔で頷く。

不安がないと言えば嘘になるが、それよりもわくわくした気持ちの方が大きかった。

自分の足で、これからの未来を進んでいける。そのことが何よりも嬉しかったのだ。

リューゲル王国の主神として祀られているフィヌイは、神々の中でも大きな力を持ち、大地の豊穣《ほうじょう》と繁栄、勝利をもたらす神だ。

そして気まぐれな神としても知られている。

神話の時代からの伝承では、1カ所に定住することはなく、ある日突然ふらりと旅に出て姿をくらましてしまうのだ。

だが、聖女と共にあるようになると、定住するようになったと伝えられている。

またその姿形も気まぐれな神で、人の姿でいるときもあれば、獣《けもの》や鳥など気分によってその姿を自由に変えていた。

ただ、青い瞳と白銀《はくぎん》の毛は変えず、人はそこから神かどうかを判断したという。

そして共に過ごす聖女の望む姿形をとり、現れるとも伝えられていた。

◆◇◆◇◆

神殿の中にある祭壇の間にて――

昨日の朝までそこにあったはずの神像は、祭壇の上になかった。床に落ち真っ二つに割れていたのである。

神官長はそれをじっと見下ろし、うわ言のように呟く。

「神託が下ったのだ……。主神フィヌイ様が神殿を出ていくと……」

神殿を離れている間に、こんなことになっていたとは……

今日の早朝、神殿に戻った途端《とたん》にこの有様《ありさま》だ。

頭の悪い女が、勝手に下働きの娘を追い出したりするから、こんな厄介《やっかい》なことになる。周りの神官連中も役に立たず……考えただけで胃がムカムカする。

例の頭の悪い女は、神から聖女の資格を剥奪され、混乱し泣きわめいていた。

——聖女でいられるように朝夕の祈りは欠かさず熱心に行っていた。なぜ、資格を剥奪されたのかわからない……とか、下働きの地味娘が私を陥れただの、今頃は私を馬鹿にして笑っているだの……訳のわからないことをほざいている。

性格の悪いお前に愛想をつかし、神がお前を見捨てただけだろ！　と思ったが、それを言ったところで、アリアは受け入れはしない。

日ごろから、自分以外の誰かが全て悪いと思っている頭の悪い奴だ。

まともに話をするだけ時間の無駄というもの。

それに今、神殿に聖女がいないことを気づかれるわけにはいかない。

民衆の動揺もあるが……

それ以上に現在の国王陛下は王太子殿下と共に神殿に対し、友好的な雰囲気ではないのだ。政《まつりごと》は自らの力で進めたいと考え、神殿を煙《けむ》たがっているお人だ。

聖女がいないとわかった途端、理由をこじつけ神殿の権威を奪いに来るだろう。

偽物《にせもの》とはいえ、元聖女のアリアにはまだ働いてもらわないといけない。

現在の聖女は……おそらくはここで下働きをしていた娘、ティア・エッセンの可能性が非常に高い……。その傍に、我らが神フィヌイ様も必ずおられるはず。

まずは秘密裏《ひみつり》にティア・エッセンを見つけ、連れ戻すことが先決だ。

アリアはいつでも切り捨てられる。

まずは神殿の異変を気づかれぬよう、アリアをなんとか宥《なだ》めて、今日の天赦祭はいつも通り行う必要がある。

だが、あいつは聖女の奇跡を使えない役立たず。その穴埋めとして代わりに神官が治癒を行い、重病人に関しては適当な理由をつけて断るしかない。

一刻も早く、聖女を保護し神殿に連れ戻さなければ。国王陛下に知られる前になんとしてもだ……。

神官長は自らの保身のため、これから先のことに思いを巡《めぐ》らせていたのだ。

3章　聖女の力と不審な影

太陽の光が温かい、ぽかぽかしていい陽気だ。

……本当に平和だ～

神殿にいた頃は、こんなに野原でのんびりできる日が来るなんて思ってもみなかったなあ。

なんて、幸せなんだろう。

昨日の夏至を過ぎ、外で過ごすにはいい季節となった。野宿だってできるくらいの暖かさだ。

本当に神様に感謝しなくてはいけないと思っていると。

その神様は――今の見た目は子犬の姿で、近くの花畑で蝶々《ちょうちょう》を追っかけ遊んでいる。

ウサギのように大きく飛び跳ねて、バランスを崩して着地に失敗してもまた、ぴょんっと飛び跳ね何事もなかったように走り回っている。

その姿は全然、神様に見えない。

けど……その姿を見ているだけで癒されるし、目の保養にもなるのだ。しかも、疲れも取れるしいいことづくめだ。

でも、そろそろ声をかけなくてはいけない。

その愛らしい姿をもっと見ていたいと本心では思っていたが、旅のことも考えないといけないし、ティアは泣く泣くフィヌイに声をかける。

「フィヌイ様、そろそろ出発しなくても大丈夫ですか？」

「もうちょっと遊んでからね。ティアも、慌てなくていいからもう少し休んでいなよ」

それじゃ、お言葉に甘えてと、自然ともふもふを満喫《まんきつ》し、もう少しゆっくりすることにしたのだ。


王都リオンを出てからは、しばらく街道沿いを歩き道なりに進んでいると、フィヌイ様が脇道に入ろうと急に言いだしたのだ。

それに従いさらに歩いていると、この野原へとたどり着いたのである。

そのまま神様が遊び始めたので、自然に休憩となり今に至るというわけで。

ちょうど、綺麗な湧水《わきみず》もあったので空の水筒《すいとう》に水を入れておくことにする。

天気もいいし、フィヌイ様が遊びに飽《あ》きるまでとことん付き合うことにしたのだ。

しかし何もしないのももったいない。待っている間にカバンの中からこの辺りの地図を取り出し、現在地を確認することにする。

近くの村まではここから遠くはない距離。遅くても昼過ぎに出発して夕方までには着ける計算だ。確かにそう慌てることもないようだ。

しかしこの地図、古いものじゃないな……最新のものだ。アイネ先生ったら、わざわざ新しいものを買ってくれたのだと今さらながらに気づいたのだ。

それに地図だけじゃない。保存食や薬草までが最近買ったり、補充したものだ。

中古品だけでは足りないから、わざわざ新しいものを買い揃えてくれるなんて、その心遣いにひたすら頭が下がる。

いつか、恩返しをしなければとティアはそう思ったのだ。


穏やかな風が吹いて、ほんとに晴れていい天気だ。

走り疲れたのかフィヌイ様は、今度は白い花や土の匂いを嗅いでいる。

そういえば、フィヌイ様は主神としてずっと神殿の中にいたのだもの。そりゃ、神様だってたまには思いっきり駆け回りたいだろうとそんなことを考えていると。

気がつけばフィヌイ様は、いつの間にか大きな白い狼の姿に戻っていた。

光に照らされて毛が銀色に輝いて見え、鼻先を天に向け、風の匂いを嗅ぐような仕草をしている。

——そろそろいい頃合いかな。ティア、そろそろ出発するから準備して！

突然、声をかけられティアは少し驚きながらも、広げていた荷物を慌ててカバンへとしまう。

どうやら、気まぐれな神様の神託のようだ。

まあ、急ぐ旅でもないし気ままに旅を楽しむのも悪くはないだろう。

元聖女のいる神殿のことなど気にもせず、ティアは思う存分旅を満喫していたのだ。


森の中を歩いていると、空気がとても清々しく、枯れ葉や枝を踏みしめている音だけが聞こえ、たまに綺麗な小鳥も鳴いている。

だが……気がつけばなぜか、獣道を歩いていた。

記憶では、野原で休憩した後に街道沿いにある近くの村を目指していたはずなのに、今歩いているのはどう見ても深い森の中……

今は、大きな狼の姿になったフィヌイ様が先頭を歩いてくれている。

大きさはそのままに実体化しながら進んでくれるので、枝などもバキバキ折ってくれ、服に枝が引っかかることもない。獣道も踏み固められ、地面も幾分《いくぶん》は歩きやすくなっている。

これは、あらかじめ王都を出るときにブーツに履《は》き替えて正解だったと思う。

王都の街中は、道が舗装されサンダルで歩いても何も問題はないが、街道に出てからは違う。

たまに道がボコボコしていたり、小石が落ちていたり、サンダルでは怪我の原因にもなりかねない。

森の中を歩くとなるとなおさらだ。下手をすれば、足元に落ちている枝で怪我をする可能性だってある。

「フィヌイ様……」

――どうしたのティア、困った顔をして？

「……。私たち、なぜ森の中を歩いているんでしょうか……」

――やだな、ティアの願いを叶《かな》えるためだよ。

「森歩きがですか……」

――これは必要なことなんだよ。

「よくわかりませんが……そうなんでしょうか……」

前を行くフィヌイはぴったと足を止め、くるっとティアに振り返ると、

――ティア……。僕の言うこと信用してないでしょ！

「そ、そんなことないですよ」

フィヌイに見つめられ思わず目を逸《そ》らし、不自然に視線も泳いでしまう。

しまった……！　また、いつもの気まぐれかって――考えたのが、ばれちゃった。

――ティア！　僕の目を見てごらん。これが嘘をつく目に見える？

渋々フィヌイに視線を戻せば……

青い瞳は夜空のようにキラキラ輝いている。真っ白の直立耳はふかふかしていて、耳の中はほのかにピンク色。槍《やり》のように鋭い歯、きりっとした顔立ち、可愛すぎる！

「は！　か、可愛い……！　後ろからも後光《ごこう》が射して眩《まぶ》しい～　これがもふもふの神様の力……！」

周りに人がいれば、確実にドン引きするようなことを口走っていた。

頭は大丈夫かと本気で心配されていただろう。

そのフィヌイは満足そうに、うんうんと頷き、

――これで、信用してくれた。

「はい、少しでも疑ってしまいすみません」

――それじゃ、行こうか。

フィヌイが歩き出そうとしたそのとき、

「あ、待ってください。今のうちに少しお話があります」

ティアは慌ててフィヌイを引き止めたのだ。

「実は、お金があまりないので……次の村で農作業などの日雇《ひやと》いの仕事を探そうと思います」

――大丈夫だよ。そんな必要はないって。

「でも、路銀のこともそろそろ考えないと……」

――ティアには、聖女にしか使えない癒しの御手があるじゃないか。それでお金を稼《かせ》げばいいんだよ。

「いや、それはちょっと……。それに、聖女だってばれちゃいますよ」

フィヌイは得意げな顔をすると、

――だから、旅の修道女の格好が役に立つんだよ。放浪の旅をしながら治癒魔法や薬草を使って人々を治療して、いくらかの金銭や食料、雨露《あめつゆ》をしのげる宿を求める旅の修道女や神官たちだっているじゃないか。心配ないって、それで旅を続ければいいんだよ。

確かに、布教や放浪の旅を続ける神官や修道女がいるのは知っていた。彼らは、治療を行い僅かばかりのお布施を受け取り、修業の旅を続ける。

修道女の中にも治癒魔法を扱える者はいる。かろうじて目立つことはないだろうが……大丈夫だろうかと考えながら黙々と歩き続けていると……。

ふいに森の木々がなくなったかと思うと急に視界が開け、気がつけば街道へと出ていたのだ。

フィヌイはぶるっと震えると、またいつもの白い子狼の姿へと変化する。

――ほら、着いた。やっぱり森の中を歩くのって面白いよね。

そう言いながら、ご機嫌に尻尾を振っていたのだ。

森を抜け、街道を道なりに歩いていると、遠くに馬と人影らしきものが見えてきた。――さらに近づいてみると、

「あれって……馬車ですよね？」

――ほんとだ。でも辻《つじ》馬車とは違うね。

子狼姿のフィヌイはティアに抱きかかえられ、同じ高さから遠くを眺めていた。近くで見る、ふさふさの白い尻尾がとても可愛くってティアの心は癒されていたが、

……なんだろう。馬車から人が降りて近くの芝生《しばふ》に集まっている。

よく見れば、馬車を引く馬とは明らかに違う馬たちも、10頭ほど近くの木に繋《つな》がれている。その馬に乗っていた護衛らしき人たちだろう、芝生の周りを囲み警戒しているように見えるのだ。

確かに、辻馬車とは造りや大きさがまるで違う。

「どこかの貴族が乗っている馬車みたい……」

ティアは神殿で下働きをしていた頃、王侯貴族といった身分の高い人を遠くからではあるが見たことがある。

その人たちが乗っていた馬車や護衛につく騎士《きし》たちも見ていたので、すぐにそれだと気づい

たのだ。

——見てごらん。あそこに小さな子供もいる。

フィヌイに言われティアが一生懸命に目を凝《こ》らすと、確かに人が集まっている中心に小さな子供が仰向《あおむ》けで寝かされていた。傍には、その子のお母さんらしき人の姿も見えた……

……さすがは狼の視力。あんな遠くまで見渡せるなんてすごい。

子供がいるなんて、言われるまでまったく気がつかなかったよ。

さらにその周りを見ると関係者らしき人が心配そうに、またはおろおろした様子で見守っていたのだ。

……どこか怪我をしているのかな、それとも具合が悪い……こちらも心配になってくる。

「どうしたんだろう。事故かな……。でも、そんな風には見えないし馬車の故障？」

——ねえ、僕たちも近くに行ってみよう。

「そうですね」

何か手伝えることがあるかもしれない。フィヌイに促されティアは子供のいる場所まで走っていったのだ。

「あの……すみません。どうかされたんですか？」

近くにいる護衛らしき男の人に尋ねてみると、初めはただの野次馬《やじうま》だと思ったのか、むっとした顔をされ追い返そうとしてきたが……

ティアの修道女の服装が目に入った途端、表情を変えたのだ。

「奥様、失礼します。旅の修道女のようですが、ここを通してもよろしいでしょうか……」

人の中心にいた子供の母親らしき綺麗な女性は顔を上げると、

「ええ、お願い……」

女性の許可が下り、ティアは中へと通される。

近くでよく見てみると、子供もその女性も、近くにいる人たちとは服装が明らかに違う。

2人とも旅の姿だが、上等な生地《きじ》で作られた仕立てのいい服を着ていたのだ。

間違いなく、身分の高い貴族だ。

母親は貴婦人の挨拶《あいさつ》をすると、ティアに微笑む。だが、その表情は美しい中にも憂《うれ》いをおびていたのだ。

そしてティアも、慌てて貴婦人に修道女としての礼を返したのだ。

心の中では、修道女がいる孤児院で育っただけで本物の修道女じゃないんだけどと……騙《だま》しているみたいで、なんか後ろめたい気持ちになってしまう。

しかしフィヌイ様は、修道女や神官よりも治癒魔法に優れているのは聖女だし、大した違いはないよ。似たようなものだからね……とお気楽なことを言っている。

神様がいいと言っているのだし大丈夫なのだろう。それでもなんか、疑問は残ってしまうが……とりあえず今は深く考えないことにする。

「お見受けしたところ、そのお召し物は治療魔法を心得ている修道女様のようですが……」

「え！　はい、そうです」

素《す》っ頓狂《とんきょう》な声を出してしまったが、ティアは慌てて誤魔化す。

この格好って……？　この修道女のローブは、治癒魔法が使える修道女の格好だったのか……とティアが内心驚いていると、フィヌイが語りかけてくる。

――あれ。ティア知らなかったの？　近くから見るとわかるけど、ローブのこの模様。銀色の刺繍《ししゅう》は治癒魔法が使える証で、こっちの緑の刺繍は薬草を扱って治療を行うことができる証なんだよ。

それなら、なんでもっと早く言ってくれなかったのかとフィヌイを睨みつけるが、

――あれ、ほんとに……。それじゃ言うのを、忘れてたんだ。アハハハ……ごめんね。

可愛い子犬のフリをして、尻尾をふりふり振っている。

完全に確信犯だ――！

「あの……修道女様？」

「す、すみません。ちょっと、ぼんやりしていたようです」

フィヌイ様への追及は後だ。今はこの人との会話に集中しないと。

「不躾《ぶしつけ》ですがお願いがございます。私の息子が頭の痛みを訴えておりまして、領地に着くまでの間でも、その痛みを緩和《かんわ》させてほしいのです」

「緩和ですか……治療ではなく？」

「はい。……実は天赦祭で聖女様に治癒していただく予定だったのですが、私どもが来た方角がよくないということで急きょ治療を断られてしまったのです。次の冬至にまた来るようにと告げられ、応急処置として神官様が代わりに治療を行ってくれたのですが……」

「また、頭痛が再発したんですね」

「それと……馬車を引いていた馬も急に動かなくなってしまい、困り果てたところに貴女様が来られたのです」

「わかりました。私にできることがあれば最善を尽くします」

「ありがとうございます」

貴族にもかかわらず母親は、深々と頭を下げたのだ。

ティアが、チラッと足元のフィヌイに視線を送ると、子犬のフリをしている神様は頷いている。

『治癒の奇跡』を使ってもいいという合図だ。その場にティアはしゃがみこむと、芝生に敷いてある毛布に寝かされている男の子の様子を確認したのだ。

まだ6、7歳ぐらいだろうか……小さな身体で必死に目をつぶり、頭の痛みに耐えている。

「お母様……近くに誰か来ているの？」

男の子は目を薄っすら開けると、手を広げ虚空《こくう》に彷徨《さまよ》わせていた。そのとき、目の焦点が合っていないことにティアは気づいたのだ。

「今、治療できる人が近くにいるの。すぐに頭が痛いのはよくなるからね」

「ほんと、聖女様が治療してくれるの」

「ええ……そうよ……」

母親は歯切れ悪かった。どうやらこの子には、神殿で言われた本当のことを告げてはいないようだ。

「お子さんは、目が見えていないんですね」

「はい。数カ月前に高熱が続き、熱が引いたと思ったら目が見えなくなっていました。それだけではなく、頭の痛みもたまに訴えるようになり、その周期もだんだんと短くなり……ここ最近は毎日のように痛みを訴えるようになったんです。薬師《くすし》や神官様……あらゆる方法を試しましたがどれも効果がなく、そこで聖女様にすがることにしたのですが、この有様で……私、どうしたらいいのかわからなくなってしまって……」

悲しむ母親をティアはそっと抱きしめる。

考えてみればアリア様は資格を剥奪され、聖女の奇跡は使えない。それで無理やり天赦祭を執《と》り行えばこうなるはずだ。ちょっと考えれば、わかっていたことなのに……。

もし私が神殿にいれば、こんなことにはならなかった。自責の念に苛《さいな》まれていると……フィヌイ様が子狼の姿でぴったと足元に寄り添ってくれる。

まるで、大丈夫だよと言ってくれているみたいに。

もふもふの温もりがとても心地いい。

ティアは深呼吸をすると気持ちを切り替え、右手を仰向けで寝かされている男の子の目の上にそっと載せたのだ。

フィヌイ様の神力が、自分に流れ込んでくるのを感じた。そのまま神力を男の子の中へと運び、悪いところが治っていくイメージを描いていく。

右手は、ほのかに光り輝き、
パリッン――

突然、黒いガラスが割れるイメージが浮かんだかと思うとすぐに消えたのだ。

男の子は顔色がみるみるよくなると、静かに目を開け、

「あれ……目の前が明るくなったみたい。それに頭も痛くない……」

男の子は上半身だけ起き上がると、辺りをきょろきょろと見回し。

そして、母親の姿を見つけると抱きついたのだ。

「お母様！　僕、お母様の姿がはっきりと見えるんだ！」

母親は信じられない顔をすると、すぐに自分の子供を強く抱きしめる。

感動の場面だ。ティアが、涙ぐみながらその光景を静かに見つめていると。

ふいに男の子はきょろきょろと周りを見渡して、ティアの姿を見つけこう言ったのだ。

「ありがとう。聖女のお姉ちゃん！」

その瞬間、ティアは固まる。

感動の場面のはずが、冷たい汗が頬を流れ。

途端に周りの人たちの視線もティアに集まり、その顔から感嘆の表情と、神聖な存在を見る
眼差《まなざ》し、まさに聖女様の奇跡だ！　と無言で言っているのが伝わってくる。

助けを求めるようにフィヌイ様を見れば、青い目をうるうる潤《うる》ませ、

——やったね！　これで、ティアも立派な聖女だね。

と無責任なことを言っていたのだ。

その瞬間、絶体絶命のピンチだとティアは直感したのだ。

周りにいる全員の注目が集まる中で、ティアはなんとか口を開き。

「え、え〜と、ごめんね。お姉ちゃん、聖女様じゃないんだよね……」

「どうして……？　僕の目を治せるのは聖女様しかいないって、お母様が言ってたよ」

男の子は不思議そうに首を傾げている。

無垢《むく》な突っ込みにティアは言葉を失うしかなかった。

周りの大人たちも、そうだ、そうだ……こんな奇跡を起こせるのは聖女様以外ありえない
——と囁《ささや》いているし。

どうしよう……これ以上、誤魔化しきれないよ～。

ティアがもう駄目だと思ったとき、助け船は意外なところからやってきた。

「ウィル、修道女様が困っているでしょ。そういうことを言ってはいけません」

「お母様……どうしてですか？」

ウィルと呼ばれた男の子のお母さん。そうあの女の人がフォローに入ってくれたのだ。

「この方は……本当は聖女様だけど今はお忍びの旅をしている最中なの。本当に困っている人たちを陰ながら助けているから、今は絶対に身分を明かせないのよ。そうですよね、修道女様」

お母さんの微笑みに、ティアはこれ幸いとばかりに頷く。

「わかりました。いろいろと大変なんですね」

ウィル君は素直に納得してくれたようだ。

それを確認するとお母さんは大きく手を叩き、

「皆さんも、わかりましたね」

周りを見渡し高くよく通る声が響く。淑《しと》やかな外見にもかかわらず、有無《うむ》を言わせぬ力が込められていた。

どうやら周りの人たち――この家の侍女《じじょ》や使用人の皆さん、それに護衛についているのは騎士の方たちのようで、主人の言葉に、ティアに向けていた羨望《せんぼう》と好奇の視線を収め、居住まいを正したのだ。

ただ1匹（？）フィヌイ様だけは、つまんないと言いたげに頬を膨らまし、小さな足をふみふみ、地団太《じだんだ》を踏んでいる。

その姿も、ちょっと可愛いなあとティアは思いつつも、今は目の前に視線を向ける。

「名乗るのが遅れてしまい、申し訳ありません。私は、カリオン公爵家の当主ランツフートの妻セシルと申します。そして、こちらが息子のウィリアムです」

「お姉ちゃん。僕のこと、ウィルって呼んでいいからね」

「ありがとう。ウィル君。私は修道女のティア・エッセンです。ティアで構いません」

セシルさんから丁寧《ていねい》な挨拶をされ、ティアは恐縮してしまう。

やはり貴族なんだと、その洗練された所作《しょさ》に見惚《みと》れつつ、感心してしまうのだ。

ウィル君は、赤銅《しゃくどう》色の柔らかなくせ毛に、若草色の瞳の可愛らしい男の子。

母親のセシルさんは、若草色の瞳にゆるいウェーブがかかった長い金髪の、淑やかで綺麗な20代半ばくらいの女性だ。

でも、今までの経験から見た目と実年齢が違うこともあり、年齢については保留にしておく。

聞けば、当主である旦那《だんな》さんは王宮で役職についているため、ウィル君と2人で東の領地に、静養も兼ねて戻る途中のようだ。

そのウィル君は、私たち2人の話に飽きたのかそこら辺で遊んでいた。

まだ、活発に動き回らない方がいいのだが、よほど嬉しかったと見え、見るもの、触るもの、興味津々《しんしん》といった様子だ。

だが、こういうときにトラブルは発生するもの……

「キャン、キャンキャン――！」

突然、子犬の甲高《かんだか》い悲鳴が聞こえたと思ったら、

――ティアー！　助けて……なんとかして～！

それは、フィヌイ様の助けを求める声――

慌てて声がした方を振り向くと、その光景にティアは固まったのだ。

見ればウィル君は、フィヌイ様の尻尾をむんぎゅと掴み引っ張っていた。

これは……間違いなく痛い……

神様に向かって恐れを知らぬ行動だが、ウィル君としてはまったく悪気がないようで……ただ、無邪気《むじゃき》に子犬と遊びたかっただけのようである。

でも……気持ちはわかるぞ！

ティアは拳を握りしめると頭の中ではそんなことを考えていた。

そう、ふさふさ揺れるススキのようなもふもふの尻尾。それを掴んでみたいという衝動に駆られる気持ちが……！

痛いほどわかる。

ちょうど猫が、猫じゃらしに飛びつくイメージが浮かんでしまう。そんなところか……

——ティア！　どうでもいいから、早く助けて～!!

フィヌイの声にティアがようやく我に返り、助けに向かおうとしたそのとき、

「手を放してあげなさい。とても、痛がっているでしょ」

「でも僕、ワンちゃんと遊びたいんだ」

「貴方だって、頬をつねられたりしたら痛いんじゃないの。それと、同じことをしているのよ」

「……ごめんなさい」

母親のセシルさんに諭《さと》され、ようやくウィル君はフィヌイ様の尻尾を放したのだ。

いけない……出遅れてしまった。

でもこういうときは、お母さんの方がいいだろうとティアは自分を納得させた。

――ティア～、怖かったよ～。

やっとウィル君から解放され、涙目《なみだめ》で一直線にティアの腕の中めがけ飛び込んでくる。

その様子は、子狼というよりやっぱり可愛い子犬のようだ。

さらに言えば神様にはまったく見えない。これでは誰も気づかないだろう。

よしよしと宥めながら、助けるのが遅れてしまったことにちょっと反省するティアだった。

しばらくすると、セシルさんの後ろに隠れ、もじもじした様子でウィル君がやってくる。

「ほら、子犬さんに謝るんでしょ」

お母さんのセシルさんに促され、前へと出される。

フィヌイ様はウィル君を見た途端、顔を私の腕の中にすっぽりと潜らせて隠れる。背中と耳しか見せていない状態。

これは断固、拒否の姿勢だ――

「子犬さん、さっきはごめんなさい。お詫《わ》びに、僕のお菓子を持ってきたんだ」

途端に耳をぴんっと立てると、後ろをくるっと振り向き目をキラキラさせている。

フィヌイ様の立ち直りの早さにティアは心の中で、ん？　と思いながらも、気づいたときにはフィヌイ様は、差し出されたクッキーの匂いを嗅ぎ、すぐに問題なしと判断すると食べ始めたのだ。

ホッとしたように、ウィル君とセシルさんはフィヌイ様を優しく見つめつつ撫でている。

いいな……こんないろいろな種類の美味しそうなクッキー、初めて見た。

フィヌイ様じゃなくて、私が食べたいとティアはしょうもないことを考えていたが、

「ティアお姉ちゃん！　この子の名前なんて言うの」

「主神……フィヌ……じゃなくてフィーだよ！」

危うく主神のフィヌイ様とか言いそうになった。内心、冷や汗ものだ……

「フィーって言うんだね」

「キャウ！」

よかった、ちゃんと子犬のフリをして適当に合わせてくれているみたいだ。

ティアはそっとフィヌイ様を地面に下ろすと、残りのクッキーも傍に置いておく。どうやら
美味しそうに食べているようだ。

「それとお姉ちゃんには、これをあげる」

ウィル君は侍女さんから紙袋を受け取ると、はいっと渡してくれたのだ。

ティアは紙袋の中を見ると、そこに入っていたものに目を輝かせる。

「これって、リオンの朝市で売っている、焼き菓子とマフィン……!?」

「お姉ちゃん、よく知ってるね。ここのお店の焼き菓子美味しいよね。でもね、本店はうちの領地にあるんだよ！」

得意げに話すウィル君。

ティアは朝市で焼き菓子を売っている光景を何度か見たことはあったが、買ったことは一度もなかったのだ。もちろん、食べたことさえない……

彼女が神殿の下働きとしてもらっていた給料では、とても買えなかったのである。

——ありがとうフィヌイ様！

見た目は、子犬にしか見えないけど……

美味しそうに高級クッキーを食べている神様に向かい、心からそう思ったのだ。

ずっと前から、ここのマフィンと焼き菓子が食べたいと思っていたのだ。

長年の願いが叶いティアが心から感動していると、今度はセシルさんが話しかけてきたのだ。

「ティアさん。少しよろしいでしょうか？」

「はい。なんでしょう」

セシルさんに促され、フィヌイ様を残したままその場を離れることにする。

今度はウィル君に、尻尾を掴まれるという悲劇は起きないはずだし、本人だってもうそんなことはしないだろう。

それに近くには侍女や使用人の皆さんもいてくれるし大丈夫。

セシルさんの後についていくと、そこは彼女らが乗っていた貴賓《きひん》用の馬車の前だった。周りは、いつの間にやら警護の騎士たちに囲まれているしなんだか物々《ものもの》しい雰囲気。はて？どういうことだろう。ティアが疑問に思っていると、やがて２人の騎士が馬車の中から重そうな木箱を外まで運び、ティアの目の前に来ると慎重にその箱を置いたのだ。

「これは……なんでしょうか？」

「息子の治療費です。どうぞ、心ばかりですがお納《おさ》めください」

セシルさんが軽く手を上げると、騎士の１人が頷き木箱の蓋を開ける。

光が強く……ティアは思わず目をつぶってしまったのだ。

金色の光が眩しすぎるよ。

ようやく眩しさにも慣れ、薄く目を開けると箱の中身を見て驚き、

「え⁉　これって金貨ですよね……！」

「やはり、これでは足りないでしょうか？」

「いえいえ、そういうことではなく……一体、どれくらいあるんですか⁉」

「神殿への寄付で使ってしまったので、ここには金貨八百万枚ぐらいしかありませんが」

「さすがに、こんなにいただくわけには……」

金貨1枚でもティアにとってはかなりの大金だ。なのに、この金額はあまりにも桁《けた》が違いすぎるし、庶民《しょみん》には目の毒だ。それに見慣れていないので、頭がくらくらする。

「ですが……聖女様の治療を受けるには、最低でも金貨一千万枚が必要だと言われました」

「誰が、そんなこと言ったんですか……！」

「王都の神殿におられる、神官長様です」

――あの、頭がツルツルの狸爺《たぬきじじい》。ぼったくり神官長だよ！

問いに答えたのはセシルさんと、いつの間に足元に来ていたのか、ちょこんと子狼姿でお座りをしているフィヌイ様だった。

フィヌイ様の神官長に対する評価に、ティアはぷぷっと吹き出しそうになってしまう。

可笑《おか》しくってたまらないのだ。

……だがセシルさんの手前、真面目《まじめ》な表情を崩してはいけないと思い必死で耐える。

まさか、あのふさふさの頭髪《とうはつ》はカツラだったのか……人様のことをむやみに笑ってはいけないのだが、神官長の姿を思い浮かべると、どうしても……

うぷぷっぷ……

脇腹《わきばら》が痛いがひたすら我慢だ。

——主に賄賂《わいろ》に使っていたようだね。貴族や王宮への根回しとか。それで地位を買ったり、私腹《しふく》を肥《こ》やしたり、とにかく自分のためにしか使ってないよ。

でも今頃は、神殿に聖女がいなくて寄付金が思うように集まらないから、ストレスで血圧が上がって頭の血管が切れそうになっているんじゃないかな。

フィヌイ様は呑気《のんき》に尻尾をふりふり細かな内容を教えてくれた。

笑いを必死に抑えていたティアだったが、今度は怒りの感情がふつふつ心に湧いてくる。

なにそれ！　下働きの給料はスズメの涙なのに、その使い道はなんだと！　ティアは憤《いきどお》りを隠せないでいた。

聖女の治療費は高いだろうとは思ってはいたが、まさかこれほどとは……とんだぼったくりもいいところだ。

「そうですか……。セシルさん。我が国の主神たるフィヌイ様の御心を思うなら、これ以上、神殿に寄付をする必要などありません！　もし寄付をしていただけるなら、心から民衆を思いやっている救護院や孤児院の方へお願いします」

「それが、我らが神の御心なのですね」

「あ……これは……そんな気がしただけです。旅の修道女でありながら、差し出がましいことを言ってしまい申し訳ありません。あの、せっかくなので金貨は1枚だけいただいておきますね。ちょうど旅費に困っていたので助かります」

「ふふふ。ティアさんは面白い方なのね。それになんて思慮深いのでしょう。私たちも見習わなければいけませんね」

そんな話をしつつ……しかし結局のところ、それでは気が済まないからと押し切られ、金貨百枚入りの布袋を持たされてしまったのだ。

残りの金貨については、長い期間をかけ救護院や孤児院へ寄付してくれるということで話はまとまり。

尊敬の眼差しを向けられ、とても感謝されてしまったが……ティアとしては複雑だ。

なるべく善《よ》い行いを心がけようとは思ってはいるが、それほどの人格者でもないし、どこにでもいるごく普通の人間だと自分では思っている。

ただ……思い通りにいかない世知辛《せちがら》い世の中ではあるが、探そうと思えばいいこともあるし、なるべく人生を楽しみながら善い行いを無理のない範囲で行うつもりでいる。

もちろん、聖女うんぬんとは別の話だが……

聖女であること。結局はバレてしまったが、セシルさんの口止めと暗黙の了解で、口外されることはないだろうとそのときのティアは思っていたのだ。

◆◇◆◇◆

太陽の光の中、初夏の風がひんやりとして心地よいが……

ティアは子狼姿のフィヌイをなぜか抱っこしながら、近くの村を目指し街道を黙々と歩いていた。

疲れが、そろそろ限界かもしれない。心の中ではため息を吐き……。思い返せばあのとき
——

——ティア、尻尾が痛くって歩けないよ。

うるうるした瞳でお願いされ、先ほどの後ろめたさもよぎり、フィヌイ様を抱っこして歩くことになったのだ。

クッキーを食べ終えた後も、そこら辺を元気に駆け回って遊んでいたはずなんですけど……と、突っ込みたくもなるが。

神様としてちゃんとお願いも叶えてくれたし……何よりも、もふもふしたあんなに愛らしい顔で訴えられたら、やっぱり断れないよ！

あぁ……そこが私の甘さだとはわかってはいる。わかってはいるが……

腕の中で安心したように耳が垂れ、くつろいでいるフィヌイ様も可愛いなあと思ってしまう

のだ。

しかし、『治癒の奇跡』を使い疲れていたことに加え、子犬程度の重さとはいえ、それを抱えたまま長距離を歩かなければいけない、その辛《つら》さもある。

こんなことなら、セシルさんに近くの村まで馬車で送ってもらえばよかったと、ティアは早くも後悔していた。


その馬車についてだが。

セシルさんたちが乗っていた馬車。それを引く馬たちは、不思議なことにあれからすぐに動けるようになっていた。

あれだけ前へと進むことを嫌がっていた馬たちが、急に何事もなかったように歩き始める。

その光景を見て、御者《ぎょしゃ》や警護の騎士たちも首を傾げ、非常に驚いていたのを覚えている。

セシルさんたちは、このまま二つ先にある大きな街に向かうと言っていた。その街で宿を取っているので、今日の夕方までには着かなくてはいけないそうだ。

貴族が泊まる宿なら警護の関係などもあり、どこでもいいというわけでもない。こればかりは仕方がない。

セシルさんから、もし近くを通ったら領地にある屋敷までぜひ来てほしいと申し出があり、次こそはしっかりともてなしをさせてほしいとのことで、ティアは近くを通ったら必ず伺《うかが》うと約束をしたのだ。

さらに、せめて近くの村まで馬車で送らせてほしいと言ってくれたが、ティアはその申し出を丁重《ていちょう》に断った。

自分の足で歩かなければ、修道女としての旅の意味がなくなってしまうからだ。

本当はすごく疲れていたし馬車に乗りたかったが、どうしてもフィヌイ様と誰もいないところで話がしたかったのである。

名残惜しい別れではあったが、巡礼の旅に戻るとティアはセシルさんたちに別れを告げ、今に至るというわけだ。


そしてようやく、街道の周りに人がいなくなったのを確認すると、ティアはこう切り出す。

「フィヌイ様、そろそろ教えてくれてもいいんじゃないですか?」

――なんだっけ?

ぱちっと目を開け、とぼけている様子のフィヌイにティアは頬を膨らませる。

「とぼけないでください。セシルさんたちの馬が動かなくて足止めになっていたのは、フィヌイ様の仕業《しわざ》だったんですよね」

――あれは、馬たちに頼んだんだよ。僕たちが来るまで、その場を動かないでって。

「ほら、やっぱり……。でも、なんでそんなことしたんですか？」

――だって、ティアが聖女として目立ちたくないって言ったから僕なりに気を使ったんだよ。それに……そのおかげであの子供の命は助かったんだよ。

「うっ……確かにそうです。それに、ちゃんと焼き菓子が食べたいっていう願いも叶えてくれたので、何も言えませんけど……。でも、ウィル君の病状ってやっぱり……かなり悪かったってことですよね」

――そうだね。数日しかもたなかっただろうね。念のために言っておくけど、たとえティアが神殿に聖女として残っていたとしても、あの子供の命は助からなかったよ。

「どうしてですか」

――まあ、いろいろとね。そのうち、ティアにも話すよ。ただあの子供の寿命は、本来もっと長いはずなんだ。それなのに天命に逆らう行為をした奴らがいる。天が定めた命なら僕は動けなかった。これは例外なんだよ。

いつものフィヌイ様とは違う顔だ。

私の知らないところで何かが蠢《うごめ》き、フィヌイ様はそれを見据えている。

――あの子供を『治癒の奇跡』で治療したとき、ティアは何か気づかなかった？

いつになく真剣な表情のフィヌイ様に、ティアはなぜか緊張してしまうのだ。

「そういえば、少しおかしかったような気が……。黒いガラスのようなものが割れるイメージが浮かんだんです。他の人を治療したときは、そんなことは一度もなかったのに……」

――やっぱり。ティア、それは呪いをかけた相手が使っていた魔力を宿した道具だよ。主に『魔道具』と呼ばれていて、きっと魔道具を破壊したときの映像がイメージとして浮かんだんだね。

「え……ウィル君、呪いをかけられていたの。あんなに小さいのに、ひどい……」

――心配しなくて大丈夫。呪いは僕が食い破って食べちゃったから。呪いは、あそこの公爵家にかけられていたみたいだね……。ふざけたことをしてくれたものだよ。僕のいる国で、悪《あ》しき神の力を使った呪いを使ってくるとは、術者には万倍にして返してやったから、これでしばらくは向こう側も手を出せないはずだよ。

そうだったんだ……。私の知らないところでいろんなことが動いている。あまりにも多くのことに気づかされる。

もっと学んでいかなければいけない。知らずにフィヌイを抱きしめる腕に力がこもってしまい、フィヌイは耳をぴんと立てると、驚いたようにティアの顔を覗き込む。

――ごめん。なんか怖がらせちゃったみたいだね。

「そんなことないですよ。私が無知だっただけで、教えてくれてありがとうございます」

——怒ってないの？　ティアにも話せないこととか、まだたくさんあるのに……これから先の旅でも、ごたごたに巻き込まれてしまうかもしれない。もしかしたら命の危険だってあるかもしれないんだよ。

ティアは思わず吹き出すと、何を今さらという可笑しそうな顔で、

「フフフ……そんなの出会ったときから、なんとなくわかっていましたよ。これは、平穏無事な人生は歩めなくなるような予感がしたんです」

——本当にいいの？　今だったら、ティアの存在はまだ向こうにだってはっきりとは知られていない。ここで僕とお別れする選択肢だってあるんだよ。金貨がこれだけあれば、他の土地で平穏に暮らすことだってできる。

「え……？」

フィヌイがなぜそんなことを言い出したのか、ティアには理解できなかったのである。

なぜかはわからないが……、ティアの心はしめつけられ、知らずに声が震えていた。

「私、そんなの嫌ですから。ここでフィヌイ様とお別れだなんて……。聖女に与えられる地位や名声とかそんなの興味ないし、特に聖女でいたいわけじゃないけど、フィヌイ様と別れることだけは嫌なんです。ごめんなさい。我儘ですよね……こんなこと言って」

なぜかはわからないが、ここでフィヌイと別れてしまったら二度と会えない、そんな予感がしたのだ。

――わかった。だから泣かないで。

「泣いてないですよ。急に視界がぼやけただけですから。私は自分で選択をしてここにいる。こういう人生もいいかもしれませんよ。死ぬ瞬間にも、精一杯生きたんだって実感できるんですから」

ティアは泣いていないと言っていたが、鼻をすすったり、小刻《こきざ》みに震えていることにフィヌイは気づいていた。

そういうことは顔を見ていなくても、空気の流れや感覚で伝わってくる。

そしてフィヌイはぺろんと頬を伝う雫《しずく》をさり気なく拭《ぬぐ》う。顔をぺろんと舐《な》めただけだよと後で言えばいいことだしね。

「フィヌイ様が傍にいてくれる。贅沢な望みかもしれないけど、それだけで私は幸せなんです」

ティアが落ち着くまで、フィヌイはその後、彼女の温もりを感じながらじっとしていたのだ。

それからティアたちは黙々と歩き続けた。そして夕方になった頃――

遠くにやっと村が見えてきたときフィヌイが話しかけたのだ。

――そういえばティアの願いは叶えたけど、結局――金貨と焼き菓子、どっちが嬉しかったの？

　ふさふさの尻尾をふりふり、期待を込めた眼差しで聞いてくる。その頃には、ティアはいつもの笑顔を取り戻していた。

「もちろん焼き菓子ですよ。特にマフィンがよかったです！」

　迷いのない発言にフィヌイは首を傾げ、ポカンとした顔になる。

　――え？　金貨は……

「う～ん、それは難しい。だって正しい使い道とか、迷ってわからないじゃないですか。おまけに金ピカで眩しいし、重たいし疲れる。それに比べたら断然、焼き菓子ですよ！　食べてしまえば軽くなるし、何より美味しいから！」

　――ぷぷぷっ、ティアって面白い子だね。

「え、それってどういう意味ですか？」

　――ティアらしいなって、すごく褒めているんだよ。

　なんか釈然《しゃくぜん》としないが……。褒めていると言われたので、ティアはありがたくその言葉を受け取ることにする。

　手元を見れば、フィヌイはご機嫌な様子で尻尾を振っていたのだ。

4章　気まぐれなご神託

ちっく――ちっく――

夜、ランプのほのかな明かりを頼りに、ティアは針《はり》と糸を使い作業を続けていた。

夕暮れまでには、なんとか村に入ることができた。

途中、いろんなことがありとても疲れたが、それでも今までの日常とはまったく違う、本当に密度の濃い1日だった。

この村にあるのは小さな宿屋と雑貨屋。後は畑が広がるだけの小さな村で、普通の旅人ならここを通過し、隣の街に宿を取ることが多いそうだ。

ティアたちが泊まっている宿屋は、1階は食堂、2階が宿になっている、よくある宿屋兼食堂だ。

今日の泊まりは自分たちだけのようで正直ほっとしている。これならのんびりできそうだ。

ちなみにこの宿、泊まり客がいないときは、食堂と農作業で生計を立てているらしい。

夕食の後、ティアは自分の部屋に戻るとランプの明かりのもと作業を始めていた。

しばらくすると、寝台の横で狐《きつね》のように丸くなり寝ていたはずのフィヌイ様が、いつの間にかてくてくと近づき傍にちょこんと座っている。もちろん、いつもの子狼の姿で。

――ティア、何をしてるの？

「起こしちゃいましたか？」

フィヌイはふるふると首を振る。

ふわふわの直立耳が揺れて、こんな仕草でも可愛すぎると、相変わらず訳のわからないところで感動するティアだったが、その感動は心の中にしまっておくことにする。

――なんとなく目をつぶっていただけだから、平気だよ。

「そうだったんですね。実は服の中などに、金貨を数枚、縫《ぬ》い留めておこうと思って作業をしていたんです」

――さすがはティア！　しっかり者だね。

「エヘッ……えへへへ。そうですが、なんか照れますね」

褒められるとやっぱり嬉しいもので。

まあ、実際これから旅を続けていれば何が起きるかわからない。

念のために、盗難や水難その他もろもろにも備えておくことにしたのだ。これぞ、庶民の知恵というもの。

取り越し苦労ならそれはそれでよし。事前の備えはするに越したことはないだろう。

「ここのお店……小さい村だからしょうがないんですけど、品揃えがいまいちなんですよね。欲しいものが全部揃わなくって少し残念です」

――無理にここで買わなくても、次の街で買い物すればいいよ。

「そうなんですが……できるだけ、銀貨と銅貨の枚数を減らしておきたくって、次の街では金貨を1枚、両替するつもりでいますから」

――あぁ、両替商は大きな街にしかないものね。

「はい。……それとですねフィヌイ様、折り入ってお願いがあるんですが」

「どうしたの?」

なにやらそわそわしているティアに、フィヌイは首を傾げる。

「この植物性の染料《せんりょう》の中に前足を少し浸《ひた》して、この布の上に足形をつけてくれませんか」

「え……?　別にいいけど」

意を決したティアの言葉に、フィヌイ様はすんなりと了承してくれたのだ。それだけで嬉しい気分になる。

事前に下調べをして本当によかった。この村でしか手に入らない染料と布を手に入れるのが彼女の目的でもあったのだ。

最低限のものはこれで手に入り、後は次の街で足りないものを買い揃えれば全ては完成する。

密かな夢を実現させるため、ティアは心の中でほくそ笑む。

フィヌイは訳がわからないまま、言われた通りに前足を染料にちょこんとつけ、布の上にしっかりと足形をつける。

ティアはこのままでは前足が汚れたままになってしまうからと、もっともらしいことを言いつつ、素早く布を取り出し、前足についた染料を拭き取ったのだ。

さり気なく、肉球のぷにぷにを堪能《たんのう》することにも成功し、彼女の心は幸せでいっぱいになったのだ。


早朝の空気はひんやりとして冷たいが、気分をすっきりさせてくれる。

夜が明けて、宿の2階から外の景色を見たとき、あまりの美しさにティアは感動したのだ。

「すごい！　遠くの山並みまで、こんなにはっきりと見えるんだ。綺麗……。やっぱり旅に出てよかった」

——ティアって、朝から元気だね……

眠たそうな目をしながら子狼姿のフィヌイは、丸まって寝ていた毛布からごそごそと起きてきた。

「だって、王都リオンにいるときは石造りの大きな建物が多くて、遠くの景色まで見えなかったんですよ」

——うんうん、そうだったね……

フィヌイ様、これは適当に合わせているなとティアは心の中で思ったのだ。

なぜなら……フィヌイ様の目、完全に棒線《ぼうせん》になっている。まだ、半分うつらうつらと眠っている状態だ。

神様って朝型のイメージがあったけど、フィヌイ様の場合、朝は苦手なんだね。

そして完全にフィヌイ様の目が開いたのは、宿屋を出て村の出口に差しかかった頃だった。

肩掛けカバンの中からひょっこり顔を出すと、大きなあくびをし目をぱちぱちさせる。

——おはよう、ティア。誰かが運んでくれるとすごく便利だね！

「ええ……まあ……そうですね」

ティアは、なんとも言えない返事をするしかなかった。

まさか、神様を置き去りにしたまま出発もできない。何度か起こしたが起きそうになかったので、仕方なくカバンの中に入れ宿を立つことにしたのだ。

——そういえば、朝ご飯食べそこなっちゃったね。

「いえ、食べてましたよ……。半分眠りながらですが、その後また熟睡してました」

――ちなみに、食べたのってなんだったの？

「私は、薬草スープと白パン。フィヌイ様はミルクと黒糖《こくとう》パンです。でもフィヌイ様、パンにはバターをつけてくれないと食べないとか言い出したんですよ。おかげで、宿の女将《おかみ》さんから変な目で見られちゃいましたよ。あの動物、人間よりいいもの食べて、ずいぶんと甘やかしているんだねえ～って無言の視線が痛かったんですから」

――え～。心が狭《せま》い！　でも、神様だって言っちゃえばよかったのに。

「言えるわけないじゃないですか……。今度は、私が変な奴だと思われるんですよ」

――人間って大変だね。ところで、ここはどこなの？　似たような草が植えられた畑が広がっているみたいだけど。

フィヌイは肩掛けカバンから顔を出した状態で、周りをきょろきょろと見回したのだ。

「ここは村の出口付近です。周りに植えられているのはアイという薬草です。この村は、薬草の栽培《さいばい》が主な産業なんですよ」

――昨日、僕の前足につけた青い染料もその薬草から作られたんだね。匂いが同じだもの。

「はい。アイの葉から作られる染料や染めた布は、殺菌《さっきん》作用にも優《すぐ》れ、葉は他にも解毒薬《げどくやく》として用いられます。薬草で治療を行う旅の修道女としては、薬草を現地で安く仕入れ利用することも考えなくてはいけませんから。もちろん、表向きの話ですが」

――でも、でも……本当は、ティアは聖女なのに……

ぶつぶつと言いながらフィヌイ様はちょっと膨れているようだったが、

「そんなことより、フィヌイ様。次の目的地はどうするんですか？　そのまま東の街道を道なりに歩いていますが」

――そうか、詳《くわ》しくはまだ言ってなかったね。次の目的地は、山の向こうにある商業都市デイルだよ！

そう言うとフィヌイ様の青い瞳は、はるか彼方にある山並みの向こうを見つめていたのだ。

◆◇◆◇◆

それは、街道の小さな分岐《ぶんき》点に差しかかったときのこと。

ティアは小さな分岐など気にせず、街道に沿ってそのまま東に進もうとする。

すると、突然フィヌイが呼び止めたのだ。

――ティアってば！　街道を進むんじゃなくって、こっちの道だってば！

振り返ればフィヌイ様は、分岐のベルヒテス山へ向かう山越えルートを、前足で示していたのだ。

「えぇ〜。だって……街道を進めば次は街ですよ。このまま進んでも商業都市ディルに着くと思うんですが……」

――この、山越えの方が近道だからこっちから行こうよ！　街道だと道は綺麗だけど、すごく遠回りになっちゃうよ。

「でも、泊まるところが……。山の上じゃ登山用の装備もないですし、野宿《のじゅく》は無理ですってば」

――大丈夫。このベルヒテス山は聖域だけど、そんなに大変な山じゃないから。山の向こう側には小さな村もあるし、今日の夜はそこで泊まればいいよ。日中の登山なら、この装備で問題ないってば……ねえ、行こうよ。

フィヌイ様はウルウルした目でティアを見上げてくる。

考えてみれば確かに……。今、履いているこのブーツなら登山にも耐えられそうだし、水筒にも水が満タン。手袋だって持っている。これなら、日中の山登りだけなら大丈夫かもしれない……。

ただ……携帯食はもう少し多めに買っておくんだったと後悔は残ったが……

だが、ティアの返事など聞かないうちに、フィヌイ様はいつの間にか大きな白い狼の姿になり、山越えルートを歩き出していた。

あぁ、どちらにしろ山越えで進むしかないのだと半ば諦めつつ、

——わぁ、ここの岩山なんか起伏があって面白い！　やっぱりこのルート選んで正解だったね。岩の起伏を楽しみながら切り立った岩から岩へと、軽やかに跳び回っているフィヌイとは違い、ティアは死にそうな顔になっていた。

「……」

プルプル震えて、泣きそうだ。もう、下を見るのは止めよう。

面白いどころの騒ぎではない。足を踏み外せば、底の見えない谷に真っ逆さま。人がやっと1人、ギリギリ歩ける崖《がけ》っぷちに作られた狭い道を、横に這《は》うように移動している。これは恐怖でしかない。

フィヌイ様の言葉を鵜呑《うの》みにした私が間違いだった。

神様にとっては面白い岩山も、ティアにとっては命がけの登山でしかない。

ベルヒテス山の山越えは、商業都市ディルへの近道とはいえ、とても旅行者が行く道ではなかった。

神の聖域と言われるだけあって、隠者もしくは戦士とかが、己《おのれ》の精神を鍛《きた》えるため修業を行う山だと、今さらながらに気づいたのだ。

聖域とか言ってたし、完全に騙された……。

初めは森林地帯の緩やかな上りが続いたが、そこを抜けると今度は積み上げられた大きな岩をよじ登ることになる。そして、それがいつの間にか奇形の岩がむき出しのがれ場へと変わり、気がつけばこの有様だ。

崖登りよりはいくらかましだが、強風が吹けば谷底に落ちてしまう。

そろりそろりと、慎重にティアは歩き続けたのだ。

もう引き返すこともできないし、このまま進むしかない。顔がみるみる青くなる。

だが、それでもへとへとになりながら登り続けていると、景色はいつの間にか草原へと変わっていた。

前方を足取り軽く歩いていたフィヌイは、ぴったと足を止めると振り返り、

「ティア、お疲れ様。ここが頂上付近だよ」

白い尻尾をふりふり、晴れ晴れとした笑顔を振りまいていたのだ。


フィヌイ様に言われ周りを見てみると、ふわっと優しく白い風が通りすぎたのだ。

「白い羽……？」

気がつけば、周りには白い綿毛《わたげ》の絨毯《じゅうたん》が広がっていた。

さらに白い絨毯の間には、桜色をした小さなスズランのような可憐《かれん》な花が群生し、草原だと思った地面は、ふわふわと水を含んだクッションのようで、ところどころには綺麗な池もある。

――ふふふっ、驚いた。頂上は湿原《しつげん》になっていて、今の時期は高山植物の花畑がとても綺麗なんだよ！　すごいでしょ！

「うん、ほんとだ……こんな綺麗な花畑、初めて見た。そうだね。下界《げかい》の道ばかり歩いていたらこんな景色、見られなかった……」

湿原か――本で読んだり聞いたりしたことはあったけど、見たのは初めて。

足元は水を含んだ草の上のような感覚で、ふわふわのクッションを歩いているみたい。

さらに澄んだ池も点在しており、そこには浮島《うきしま》と呼ばれる小さな草地が浮いていて、とても不思議な光景。

まるで、天国にあるお花畑のようだ。

そして、ほっと安心するとお腹が空いてくるもので、

「フィヌイ様、ここでお昼ご飯にしましょう」

――うん、そうだね。

湿原の上に直接座ると、水で服がびしょびしょにならないか心配だった。手で草地を押してみると、弾力はあるがそのまま座っても大丈夫そうだ。

ティアは腰を下ろすと、水筒の水をがぶがぶと飲み。やっと、生きた心地になる。さっきまで、命を懸《か》けた山登りで必死だったし。

ふとフィヌイ様を見ると、いつの間にか子狼の姿になり、うるうるとした目でじーっとこちらを見つめている。

……やっぱりお昼ご飯、フィヌイ様も食べるんだ。

水に関しては、切り立った岩山の上に積もる雪を口に含んでいたのでなんの心配もなかったが、食事は別なんだとティアはあらためて思い、

「あまり、大したもの持っていないので、朝みたいに我儘はだめですよ」

――そんなこと言わないよ。それに、運動した後の食事は美味しいんだよ。

「はい、はい」

適当に相槌《あいづち》を打ちつつ、袋から白パンを取り出し、それを半分に割ると片方をフィヌイ様に渡したのだ。

――これだけなの……

「ちゃんと、保存食の小魚もつけますよ」

――セシルにもらった、焼き菓子がまだ残っているよね。それが食べたい！

「また、そんなこと言って……我儘言わないって言ったのに。まったくフィヌイ様ったら」

ぶつぶつ言いながらもティアは、クッキーを1枚取り半分に割ると、フィヌイの前に置いたのだ。

――え～。半分だけなの……

「このココナッツ入りのクッキー、これしかないので仲良く半分にしましょう。残りは、山を下りたとき楽しみながら少しずつ食べればいいじゃないですか」

――もっと食べたいよ……。

「だめですよ。大切に食べてください」

そんなこんなで、食べ物に関するどうでもいい言い争いは、しばらく続いたのだ。

風が吹くと、綿毛のような植物が一斉に舞い上がり、種を遠くへ飛ばしていく風景はとても幻想的で。

ふと、ティアは思い出したかのようにフィヌイに尋ねる。

「そういえばフィヌイ様。山を下りる道はどうなっているんですか。また、上りのときみたいな崖じゃないですよね」

――心配ないよ。反対側は森林地帯の下り坂をひたすら下りるだけだから。

「それなら、大丈夫そうですね」

――その代わり、下りは上りの3倍の距離があるからね。走って下りれば問題はないよ！

「さ、3倍……。日没までに近くの村に入るの不可能じゃないですか。こんなに疲れているのに、私の体力じゃ無理ですよ～」

——え～。仕方ないな。それじゃ、また右の手のひらを出して。

言われた通りに右手を出すと、フィヌイは前足の片方を手のひらに重ね。

これは、いつぞやのワンちゃんのお手だ！　とティアは1人で感動したのだ。

正確には、フィヌイはそこから神力をティアの中に注いでいるだけで、ぶつぶつと呪文《じゅもん》のような言葉を呟くと、フィヌイの輪郭《りんかく》がほんのりと輝き、ティアもその光に包まれていく。

——どう、これで疲れは取れて回復したでしょ。

あぁ、もう少しだけ肉球を触っていたかったのにと、ティアは残念な気分になる。

——ティア？

「な、なんでもありません。確かに、疲れが取れたみたいです」

——それじゃ僕は、今度はカバンの中に入るから、走って山を下りてみようか。行きよりも楽だからなんとかなるよ。ちなみに急がないと日が暮れるから頑張ってね！

フィヌイは肩掛けカバンに入ると、すぐにちょこんと顔を出し、また、無茶を言ってくる神様に半ば諦めながらも、ティアは小走りで美しい湿原の花畑を後にしたのだ。

◆◇◆◇◆

星が輝き始めていた。

辺りは少しずつ濃い紫色になり、夜の帳《とばり》が降りているようで。

急がないと――夜になれば、足元が見えなくなり歩くのも危ない。

それに今夜は、下弦《かげん》の月を過ぎた辺りで新月へと近づいている頃。そうすると月の光が弱くあまり明るさも期待できない。

そして、この山道。ほとんど獣道と言ってもいいほどで、あまり人も通ってはいないようだ。

だが、幸いにもフィヌイ様は子狼の姿。夜目《よめ》が利くのでカバンから顔を見せて、あっちだこっちだと指示は出してくれている。くれてはいるが、山道を走って下りているのはティアなのだ。

以前は神殿で下働きの仕事をしていたので、朝早くから夜遅くまで休みなく働く生活をしていた。だから体力には自信はある。

そして、最近思うことがある。

フィヌイ様と一緒に旅をするようになって、以前よりさらに体力と持久力がついてきたような気がするのだ。

これでは聖女としてではなく、戦士になるための訓練を積んでいるのではないかと思ってしまう。

いや……特に、淑やかな聖女を目指していたわけではないが……かといってムキムキの戦士にもなりたくない。

この神様は、何を考えているのかと疑問が浮かんでしまう。

ちらっと、カバンから顔を出し快適そうにくつろいでいるフィヌイ様を見ていると。

これは、何も考えていないなと……結論に至るのだ。

やがて山の麓《ふもと》に視線を向ければ、明かりがぽつぽつと見えてきた。フィヌイ様の言う通り小さな村があるようだ。

——やったね。もう少しで村に着くよ。ほら、もう一息！　応援するから頑張って、ティア！

砂利《じゃり》に足元を取られないように、木の根や岩を軸《じく》に、慎重に素早くティアは山道を駆け降りていく。

ここまでの修業で山を駆け降りるコツを掴んだみたいだ。

だがふと、ある疑問が浮かんだのだ。

「あの。フィヌイ様」

——どうしたの？

「私たちが今、向かっている村なんですが、宿屋ってあるんですよね……？」

——やだなぁ～。そんなのないに決まっているじゃない。旅人なんてまず来ないところだよ。

村人の家に泊まらせてもらえばいいよ。

「いや……でも、このままだと日没すぎに村に着く予定なんですが、村の人は泊めてくれるんでしょうか？　ただの怪《あや》しい奴だと思われて、村にも入れてもらえないんじゃ……」

――大丈夫！　そんなの余裕に決まってるじゃない。だって、ティアは聖女なんだよ！

「……」

フィヌイ様が、よくわからないことを言っているがそれは置いといて。

夜が来てからやってくる旅人。しかも、街道から外れた山奥にある、地図にも載っていない小さな村。

どう考えても、外の世界とは交流がないように思える。

このまま村に入っても大丈夫だろうか。軒下《のきした》を貸してもらえればまだいいが……。

魔物とかと勘違いされたあげくに、追い回され命からがら逃げ出す。そんな心配が頭をよぎったのだ。

そんなことを考えているうちに、麓に見えていた小さな明かりは、次第に輪郭をともないはっきりと見えてきたのだ。

家々の明かりとは別に、村の入口に大きな光が2つ輝いている。近づいていくと松明《たいまつ》の明かりだとわかり、その傍には人影も見えたのだ。

ティアは思わず足を止めた。

すると、フィヌイはカバンからぴょんと飛び降りると前を歩き始める。

――ここからは僕についてきて、大丈夫！　なんの心配もないよ。

自信に満ちた表情で、堂々とした足取り。だが……子狼の姿なので何かが違う。

その姿は、大威張《おおいば》りで歩く子犬のようで。

大きな狼の姿なら威厳《いげん》もあって、決まっていたのにと残念に思うティアだった。

そしてだんだんと村に近づき、人影がはっきりと見えてくる。どうやら、ティアたちが来るのを待っていたようだ。

緊張しながら村の中へと入ったとき、集まっていた村人の中から小さな老人が歩み出てきた。

この村の村長さんといった風格の人で、

「私は、この村で村長をしておりますブルクと申します。お待ちしておりました、我らが神よ。そして、聖女様……」

「え、あの……私は聖女ではありません。ただの旅人です」

ティアの返しに、村人の間にざわめきが起きたが、村長さんは落ち着いた様子で、

「これは、失礼をいたしました。下界の呼び方を使ってしまい申し訳ありません。ではあらためまして、我らが山の神、そして聖人様。今晩はゆっくりとこの村でおくつろぎください」

そう言うと恭《うやうや》しく頭を下げたのだ。

ティアは唖然《あぜん》としてしまう。まさかそう返されるとは思わなかったのだ。

そしてフィヌイ様を見れば、キランと目を輝かせている。このしたり顔は、また何か企《たくら》んでいる。そんな予感がしたのだ。

5章　聖域と隠れ里

結局、その日は村長さんの家にご厄介になることになり、身体に優しい夕食を食べさせてもらい、早めに床につくことにした。

フィヌイ様専用の、ふわふわの子犬用の寝床《ねどこ》もしっかり用意されていたので、これには少し驚いてしまう。

寝台の中で仰向けになると、眠りにつくまでの間、いろいろなことを考えていた。

私たちが訪れることを事前に知っていたかのような雰囲気の村人たち。普通に考えれば奇妙なことではある。

だがフィヌイ様はとても落ち着いていて、さも当然だと言わんばかりに受け入れていた。

「ひょっとして、前にもこの村に来たことがあるんじゃないですか？」

ティアの追及に、きょとんとした表情をフィヌイ様は浮かべた。可愛い！　でもこの顔に騙されてはいけない。

――もちろん。ベルヒテス山は僕の力を回復させるための神域で、お気に入りの場所だからね。山に行ったら必ずこの村に立ち寄ることにしているんだ。もしかして、話してなかったっけ？

「私は、何も聞いていません……」

ティアは大きなため息を吐いた。いつものこととはいえ、やれやれである。

とんだ取り越し苦労だった……

あれこれと余計な心配をする必要もなかったし、村の人たちが受け入れてくれるとわかっていたら、日没までに着かなければと、己の限界にチャレンジするごとく、全速力で山を駆け降りることもしなかった。

こんなことなら、もう少し慎重に山道を下りていたのにと、思わず頬が膨らんでしまう。

――ティアったら、怒ってる。

「怒っていません」

――心はもっと広く持たなくっちゃ。怒ってばかりいたら眉間《みけん》にしわが寄るよ。

しわが寄ると聞いて、慌てて自分の眉間を手で触ってみるが、

――ティアのお肌は、もちもちでしわなんてないから大丈夫だよ。

と言いながら、フィヌイ様は専用の寝床で丸くなり尻尾をふりふりしていたのだ。

「……」

――ただ、少しだけ……昔のことを思い出していたのかもしれないね。

「フィヌイ様……」

いつもの調子から急に、優しく寂しげなフィヌイ様の青い瞳にティアは戸惑った。

――村長がティアのこと、聖人様って呼んでいたでしょ。

「ええ。聖女から、なぜか……聖人って言い直してましたね」

――あれは、僕がこの村を訪れるときに、一緒に連れてくるのが聖女とは限らないから。だからひとくくりに聖人って、この村では呼んでいるんだよ。

「つまり、男女どちらを連れてくるかわからないからってことですか？」

――そうだね。前に僕がこの村を訪れたとき、一緒に連れてきたのは若者だった。

「でも、フィヌイ様が神殿にいたときは……傍にいたのは代々ずっと聖女でしたよね」

――この国ができてから、聖女を選ぶことが圧倒的に多い。けどその前は……稀に男を神の代弁者として選ぶこともあったんだ。

「その人と一緒に、この村に来たときのことを思い出していたんですね。どんな人だったんですか？」

――初夏の光のように真っすぐで、強くて優しい若者だったよ。

「え～と……それは、いつの話なんでしょうか……」

――う～ん。千年ぐらい前だったかな……。とにかく、ついこの間のことだよ。その子にティアがよく似ているんだ。だからつい、その子に話したことをティアにも話したような気になって勘違いしてたんだね。本当に懐かしいなあ……

似ていると言われても正直複雑だ。相手は男の人だし……なんだかなぁ。

「ちなみにその人は、最後はどうなったんですか。やっぱり神官として生涯、フィヌイ様の言葉を伝え続けたとか」

——ふふ、良き王となったよ。民からも慕《した》われる賢王として、国を豊かにしていた。

「え、その王様ってひょっとして、この国の……？」

——さあ、どうだろうね。夜も遅いしそろそろ眠くなってきちゃった。この話はまた今度ね。それから、しばらくはこの村に滞在するから、出発も少し遅らせよう。それじゃおやすみ、ティア……

そう言うと、フィヌイ様は静かに目を閉じたのだ。


次の日の朝、専用の寝床にフィヌイ様の姿はなかった。

私より早起きとは、珍しいこともあるものだと、ティアは首を傾げながらも朝の身支度をする。

陶器に入れられている澄んだ水で顔を洗い、髪をとかし着替えを済ませる。

家の中ではすでに人の気配が感じられた。この村の人たちは、夜明け前から起きて働いているようだ。

この家には、村長のブルクさんと奥さんが2人で住んでいる。平屋でしっかりとした造りの建物で部屋数も多い。

ティアは自分たちが使っている部屋を出ると、気配のする居間の方へと向かうことにした。

居間の奥にある台所では　奥さんが忙しそうに朝食の準備をしている。

ティアの姿に気がつくと、はたっと手を止め恭しく頭を下げたのだ。

「おはようございます。聖人様、昨晩はよく眠れましたか」

ティアも奥さんに挨拶をすると言葉を続け、

「はい、皆さんのおかげでよく眠ることができました。すみません、こんなにも気を使っていただいて……」

さすがに……聖人様って呼び方は、どうでもよくなってきた。この村で訂正するのはもう諦めよう。下手に訂正すると、この村では非常にややこしい事態になるような気がするし。

この際、聖人様でもポチでもなんでもいいや。好きなように呼んでくれて構わないという気分になってくる。

これもフィヌイ様の、半分はしょうもない企みなのかとため息が出るが、今は顔に出さないように努める。

「とんでもありません。私どもとしては、千数百年ぶりに訪れた神様や聖人様のお世話ができるなんて、こんな光栄なことはありません。老い先短い身ですが、これほどの幸運に恵まれるとは……うっうっ……」

感動のあまり泣き出してしまった。

なんか気まずい……これでは、何か手伝いましょうか——とか気楽に言えないよ！　どう考えても言いづらいってば。

そもそも、私そんなに偉くないし。困るってば！

「皆様が快適に過ごせるよう、精一杯お世話をさせていただきますので、どうぞよろしくお願いします」

「はい……ですが、お身体に気をつけて決して無理はなさらないでください」

奥さんも、村長さんと同じご高齢なので心配になってくる。

だが、もともと世話好きで人のよさそうな老婦人のようだし、ティアは手伝うのは諦めることにした。家によってはやり方も違うし、下手に手伝っては相手を困らせることにもなりかねない。

こうなったらお言葉に甘えて、たまにはゆっくりしようと腹をくくることにする。

「では私は、朝食ができるまでの間、少し村を散歩してきますね」

「はい、聖人様が戻るまでには準備しておきます。それと外はまだ寒く、深い霧が出ていますので、どうぞお気をつけて」

ティアはお礼を言うと居間を後にする。

部屋に戻り、いつものローブを羽織ると、玄関の扉を開けたのだ。

すると、白い霧が辺り一面に広がっていた。

フィヌイ様と初めて出会った朝を思い出す、そんな光景だった。

それは自分の腕を伸ばして、指先がやっと見えるほどの視界の悪さで、

「朝の散歩に出たの、失敗だったかも……」

こう視界が悪いと、何も見えないものだ。草についた朝露で足元はびしょびしょだし、早朝の間に村を見ておこうと思ったのだが、上手くはいかないものだ。

それにフィヌイ様も家の中にはいなかったし、外にいるかもしれないと思い、探したが……一体どこへ行ったのやら。

出会ったときから一緒にいてくれて、傍を離れるなんて今までなかったのに。何かあったのかもしれないと不安になってしまう。

ふっと空を見上げると、僅かに雲の隙間から青空が見えてきた。

雲間から青い空が広がりを見せ、朝の光が差し込んだと思った瞬間、いつの間にか霧はなく

なっていたのだ。

途端に視界が開けたかと思うと、村の景色がその姿を現す。

目の前には遠くの山並みも見え、その中でも最も雄大なベルヒテス山の絶景が広がっている。

「……？」

そしてもう1人、ティアと同じように山を見上げる人物がいた。知っている後ろ姿にティアは声をかける。

「村長さん、おはようございます」

「おお、これは聖人様。おはようございます」

ティアの姿に気がつくと、振り返り恭しく挨拶を返したのだ。

「何をしていたのですか？」

「神様の意思を読み取り、聴いておりました。早朝でなければわからないのですよ」

「……？」

「つまりは、聖なる山に浮かぶ雲の形を見ていたのです。そこから、神様の意思を読み取ることができます。ちなみに今日の神託は、『夜までには帰るので、夕飯の支度はしておくように』とのことですじゃ」

「え……？」

今の、聞き間違い……？　ティアの目が思わず点になる。

「それって、フィヌイ様が言ってるんですよね」

「もちろん。山にかかる雲から読み取れます。毎朝、こうやって神様の神託がないか見ております。ちなみに、神様や聖人様が来た日の朝も『しばらく村に滞在するから準備をするように』と神託がありました。代々村長の家に伝わる神様の声を聴く手段ですじゃ」

ティアは目を皿のようにすると、ベルヒテス山に浮かぶ雲を見てみる。

しばらくそうやって見ていたが……はっきり言ってまったくわからない。

ただ、山頂には雪が積もり、白い雲がいくつか浮かんでいる。それだけしかティアにはわからなかったのである。

◆◇◆◇◆

ちょうどその頃、ベルヒテス山の山頂では――

「まったく懲《こ》りない奴らだな。今まで僕の慈悲《じひ》を無駄にしておいて。いい加減、日ごろの行いを見直せばわかることなのにね」

白銀の毛が太陽の光に照らされ輝いていた。

大きな狼の姿となったフィヌイは、雪が積もる山の峰《みね》から下界を見下ろしていた。

その目は綺麗な青色だが、鋭利《えいり》な刃物《はもの》のように鋭さが見える。

昨日の朝、ティアが通った街道側の登山口。そこには神殿の関係者らしき人物の姿が、10人以上は見えていた。

「ここは、僕の許可なく入ることはできない神域。いったい誰の許《ゆる》しがあって、神域である山に踏み込もうとしているのか……。少し警告を与えないとわからないみたいだね」

フィヌイがその場で一度足踏みをすると、その途端、街道側の山の斜面が崩れ、大規模な山崩れが起きたのだ。

ちょうど山に踏み込もうとしていた神殿の関係者たちが、巻き込まれた様子が見える。

だが幸いなことに、怪我人は出たが死者は1人も出ていない。規模の大きさに比べれば奇跡と言っていいだろう。

その怪我人も……直接的な山崩れに巻き込まれたわけではなく、驚いて逃げる途中で石につまずき、顔面を強打したり、足を挫《くじ》いたりと恥ずかしい怪我の仕方ではあったが……

そしてそれからしばらくの間、街道側のベルヒテス山の登山口は山崩れのため、完全に立ち入り禁止となったのである。

◆◇◆◇◆

空が暗くなり星が輝き始めた頃、フィヌイ様は軽い足取りで帰ってきたのだ。

——ただいま〜〜。今日はたくさん運動したから、もうお腹ペコペコだよ。

そう言いながら子狼の姿で玄関から入ってくると、小さな肉球でティアがいる部屋の戸を開ける。

「フィヌイ様、そこに座ってください。大切なお話があります！」

——どうしたのティア。顔が怖いんだけど……せっかくの可愛い顔が台無しだよ。

なんか部屋の空気がピリピリしていることにフィヌイは気づき、いつもと様子が違う、怖い顔をしたティアにたじたじになってしまったのだ。

「そういうことはいいんです。とにかくここに座ってください！」

——はい！

ティアがびしっと指したところに、フィヌイは背筋を伸ばしお座りをする。

「フィヌイ様、私に何か言うことがあるんじゃないですか」

——え……なんのことかな〜。よくわかんないよ。

視線を逸らし顔を背《そむ》けると、尻尾をかくかくと振って答える。

「今日の日中、地震がありました。少し揺れた程度で大したことはなかったんですが、村の人の話では私たちが通ってきた街道側の山の斜面が崩れたそうです。フィヌイ様、何か知っているんじゃないですか？」

――え～。知らないよ……。そんなことがあったんだ。気づかなかったな～。村の被害とかは大丈夫なんだよね。

「村の被害は、今のところないそうです」

――そう、よかったね！

「ところで……フィヌイ様。なんで私の目を見て話さないんですか？」

――だって、ティアの顔。直視できないほど……怖いんだもの。

「やましいことがなければ、見ることができるはずですよね」

フィヌイはティアの顔を一瞬見るが、すぐにさっと明後日《あさって》の方向に顔を背ける。

「……ひょっとして、私に何か隠しているんじゃないですか」

――な、なんのことかな……全然わかんない。

どう見ても挙動不審《きょどうふしん》だ。いつもはぴんっと立っている耳は少し垂れているし、目は泳いでいる。毛が落ち着きなく逆立《さかだ》っているのも気になる。

どう見ても、怪しい……

「もしかして、山崩れはフィヌイ様の仕業なんですか」

——ええ!!

耳をぴっんと立て、驚いたように目を見開いている。

やっぱり……

ティアはため息を吐くと、

「どうしてそんなことしたんですか……」

——だって、だって……神殿の奴らが追いかけてきたから足止めをしたんだよ！　しかも、僕の神域なのに許可なく登ってこようとしたから脅《おど》かしてやったんだ。でも、昔の僕に比べたらまだいい方なんだよ。これでも……すご～く寛大《かんだい》になったんだから。

「怪我をした人とかいたんじゃないですか？　まさか死んだ人なんていないですよね」

——死者はいないよ。怪我人は何人か出たみたいだけど……でもそれも自業自得《じごうじとく》だよ。

ティアが睨むと、慌てて弁解をする。

——それだって僕のせいじゃないよ。例えば、逃げなくてもいいところで転んで顔面を強打したり、足の打撲《だぼく》や骨折とか。後は山崩れに驚いて腰を抜かしてぎっくり腰になったとか、そんなのばっかりだもの……

うるうるとした、子犬のような目で訴えてくる。

ティアはため息を吐くと表情を和《やわ》らげる。話を聞いてみると私のためにしてくれたようだし、これ以上強くは言えない。

それにしても神殿の人たち、かなりの運動不足のようだ。こういうことは、追跡のプロとかその道の専門家に頼むものだと思っていたが……ひょっとしてお金がないとか？

神殿に寄付金が思うように集まらず、ついにリストラが始まり……どうでもいい人たちが、追跡に回されたのだろうか……？

だがもし、フィヌイ様が何もしなかったら……、こんな調子なら山に登れたとしても崖から落ちて命を落とした人もいたかもしれない。

ティアはフィヌイに手を伸ばすと、ぎゅっと抱きしめる。

お日様の匂いがしてもふもふで、いつもと変わらない癒される温もりだ。

「もう、こんなことしないでください。私、フィヌイ様にこんなことさせたくない」

フィヌイは何も言わずに鼻先をティアの顔に寄せ、寄り添うようにつけていた。

だが、急に鼻をひくひくさせるといつの間にやら元気を取り戻し、ティアの腕からぴょんと飛び降りる。

——食べ物のいい匂いがする。そういえばそろそろ夕飯の時間だよね。早く食べに行こうよ！

フィヌイ様は一目散《いちもくさん》に戸の隙間から出ると、てくてくと居間へと向かっていったのだ。

◆◇◆◇◆

ある日の夕食にて――

ここでの食事はとても美味しく、ティアは毎日の食事が楽しみで仕方がなかった。

この村は山奥にあり、周囲との交流のない隠れ里。

もちろん自給自足の生活で、食材は村や山で調達《ちょうたつ》しているものばかり。

村では家畜を飼い小さな畑を耕し、山では山菜《さんさい》や木の実を採《と》り、狩猟を行っている。

食材はどれも新鮮で、驚くほど美味しいのだ。

街に行かなければ揃わない品物、海の食材はさすがに手に入らないが、ここでしか食べられない料理が味わえる。

これは、旅に出なければ経験できないことだ。

しかも村長の奥さん、料理の腕前はなかなかのもので。

特にこのジャガイモのスープなんかは絶品で、ティアの好物となっていた。

こんがり炒《いた》めた玉ねぎの旨味《うまみ》と、裏ごししたジャガイモとの相性が抜群。それをミルクとアスパラの汁《しる》で滑《なめ》らかに溶いてあり、口当たりがよく、何杯でもお代わりできるから不思議だ。

茹《ゆ》でたアスパラの温玉のせもまた、捨てがたい。

村の畑で採れた今が旬《しゅん》のアスパラ。採れたての甘みと食感が絶妙だ。茹でた煮汁も捨てずにスープに使っているところが素晴らしい。

そしてこの日のメインは、鹿肉のローズマリー風味。

ローストした鹿肉の臭みを、ローズマリーやタイム、他のハーブで取り、あっさりしているが食べ応えが十分な仕上がりだ。

フィヌイ様は鹿肉をとても気に入っている様子で、美味しそうに食べている。

そういえば狼は、鹿を狩って食べたりするから好物なんだろうなと頭の片隅でぼんやりと考えてしまう。

まあ、それは置いといて……

とにかく、この村での食事は山の恵みを堪能でき、とても満足のいくものだった。


夕食が終わり、お腹も膨れると自分の部屋へと戻ることにする。

自分の部屋に入ると、ティアは今日採れた薬草を広げた。整理をしようと思ったそのとき。

——ティア!!

突然、フィヌイ様が子狼の姿でひょこっと視界いっぱいに現れたのだ。

耳がぴこぴこ動き、ふわふわでとても可愛い。

思わず抱きしめてすりすりしたくなる衝動に駆られるが、必死で我慢をする。

──話したいことがあるんだけど、少しいいかな……？

気配から大切な話があるのだと感じ、ティアは広げていた薬草を片付けることにした。

薬草の整理などいつでもできる。

フィヌイ様の話を聞いた方がいいと今は思ったのだ。

──何してたの？

「薬草の整理です。近くの山で採取した植物や、この村で育てている薬草も分けてもらって、その全てを広げてどういった調合《ちょうごう》に使えるのか考えていたんです。専門家ではないので大した組み合わせは思いつかないですが、癒しの御手に頼ってばかりもいられないですしね」

──ティアは、勉強熱心なんだね。

ふむふむと感心したように、つぶらな瞳でティアを見つめている。

並べられていたのは、ローズマリー、タイム、セージ、ラベンダー、唐辛子《とうがらし》など……

治癒魔法が使える神官がいないこともあり、この村では薬学が発達していた。

ティアは、ここ最近、村の診療所の薬師の元を訪れていたのだ。そこでは癒しの御手で治療を手伝い、薬師からは薬草などについて教わっていたのだ。

「この唐辛子なんかは、料理にも使えますけど……使い方によっては、凍傷《とうしょう》の予防や消毒薬、または護身なんかにも役立つんですって」

——へ〜。なるほどね……。

「あ、すみません。私ばかり話してしまって……。それで、大切な話っていうのはなんでしょうか」

——実はずっと、考えていたことなんだけど……

「……フィヌイ様？」

いつもだったらすぐに、ずばっと話をするのに珍しく言いづらそうな様子だった。

——やっぱりちゃんと話をしないといけないと思ってね。ねえ、ティア……癒しの御手以外にも、魔法を覚えてみない？

「それは治癒魔法以外ということですよね？　平和な時代が訪れてから廃《すた》れてしまった魔法……フィヌイ様にはちゃんとした理由があるんですね。それをしっかり教えてください！　それから決めたいと思います」

——わかった。ちゃんと話すよ。

フィヌイは静かに頷くと、

——ティアは、まだ覚えている？　王都リオンを出るときに通った東の門での出来事を……

「もちろん覚えてますよ。あのときはひやひやして、いつ見つかるんじゃないかって思ったんですから」

――そのとき、神殿の関係者以外にも……見張り台の上に黒いローブを羽織った奴がいたよね。

「あ……ええ、そうです。やっぱりフィヌイ様も気づいていたんですね！」

あのときはなんとか無事に王都を脱出できたが、門を通ったときティアが最も怖いと思ったのは神殿の関係者ではなく、黒いローブを羽織った人物だったのだ。

――それに、カリオン公爵家の嫡子《ちゃくし》のウィルにかけられた呪いといい、なんだか気になってね。これから先、追ってくるのが神殿の奴らだけなら大したことないけど……黒いローブの連中が関わってくると少し厄介かもね。そいつらの狙《ねら》いは……ティアか、僕か、それはわからないけど。

フィヌイは青い目を一瞬、冷たく光らせると、

――邪魔をするなら片っ端から殲滅《せんめつ》することもできるけど……、それも面倒なんだよね。しばらくは様子を見ることにする。

そんなことをすれば、私が社会的に生きていけなくなると心配して、そう言ってくれているんだとティアは思った。

戦乱の時代、フィヌイ様は国を守るため戦いに協力してくれたと伝承では伝わっている。

やっぱり私の今までの考え方は甘かったのかもしれない。それでも最低限、自分の身は自分で守るようにしなければいけない。フィヌイ様に全てお任せで自分は安全なところで高見の見物なんて絶対に嫌だ。

「私、癒しの御手以外の魔法も覚えてみたい！　なるべくフィヌイ様の足を引っ張らないようにする。だからお願い！」

――僕はとても厳しいよ。それでもいいの？

「大丈夫。私やってみたい」

――わかった。さっそく明日の早朝から訓練を始めるからね。

「はい！」

そのときはやる気に満ちていたが、フィヌイのあまりの厳しさに、ティアは1日目から挫折《ざせつ》しそうになったのだ。


騙された……とティアは思った。

フィヌイ様は、とても厳しいよ――みたいなことは確かに言っていた。だから嘘ではない。

でも……、あの、もふもふの愛らしい子狼の姿でそう言われれば、きっと親切に教えてくれるだろうと勘違いしてしまうものだ。

これがもし、大きな狼の姿で話してくれれば実感として湧いたのにと思いながらも……。

ん？　え～と……つまり大きな狼の姿で話をしなかったのは、村長さんの家の床が陥没《かんぼつ》して抜け落ちる心配があったからとか……

これはただのしょうもない推測で、今さらこんなことを考えても仕方がない。

そう、今はこの状況を切り抜けることが先決だ。

足元を見れば、崖の下に雲がかかり地面がまったく見えない。

プルプルプル……。駄目だ、また足が震えてきた。また、このパターンか……と思う。

切り立った岩山にティアは、１人ポツンと取り残されていた。

思い返せば少し前のこと。

基本の魔法を扱う課題は難なくクリアすることができた。

まあ、そりゃそうだ。１つの属性、しかもフィヌイ様の加護《かご》が大きい「地属性」だけだし。

その系統の魔法の発動は難なくできるものなのだろう。癒しの御手だって、苦もなく覚えられたのだ。

それに、気をよくしたのかフィヌイ様ときたら、ご機嫌な様子で尻尾をぶんぶん振りながら、

――ティアってすごい！　後は実戦で使えればもう完璧だね。それじゃ次は実戦に対応した

訓練をしようか。

とか言われ、気がつけば切り立った岩山の上に1人で立っていたのだ。

遠くを見れば、手のひらサイズの村が眼下に小さく見えるし……。どうなってるの……

「……!!」

そして近くの岩山を見れば、大きな白い狼の姿をしたフィヌイ様が期待を込めた眼差しでこちらを見ていたのだ。

——今日の課題は、ここから村に戻ることだよ。

白くて大きな尻尾をふりふり振っている。

いつもならこのもふもふで癒されるが、今のティアにそんな余裕などなかった。青白い顔のまま……

「あの……ここベルヒテス山のどこかだと思うんですけど……こんな切り立った岩山から村に帰るの普通の人間には無理です」

——ティアだったら平気だよ。なんたって聖女なんだから！　この辺も隠者や戦士が修業していた場所だから人間でも大丈夫だよ。

この自信は一体どこから来るんだ。そもそも聖女がこんな戦士みたいな修業をするわけないだろ！　と心の中で突っ込んでしまう。

――これが実戦の訓練として一番手っ取り早い方法なんだ。教える時間もないし、短期間でもしっかり習得できるから大丈夫。あ！　言い忘れてたけど……この間、山崩れを起こしたから、地盤が緩くなって落石が多くなっているかもしれない。だから、気をつけてね。僕は一足先に村に戻るからそれじゃ、頑張って。

「ま、待って……！」

ティアの声が虚《むな》しく山々に響き渡る。

いつの間にか、フィヌイ様の姿は綺麗に消えていたのだ。

「うぅ……鬼だ～～!!」

涙目になりながらも、しばらくの間フィヌイ様への文句を言いながら、這いつくばるようにして慎重に崖を降りていく。

だが、それでもやはりお腹は空いてくるもの。

余計なことにエネルギーを使うのはもう止めよう。楽しいことを考えようとティアは気持ちを切り替え。

そうだ！　今日の夕飯はきっと美味しいものが出てくるぞ。それまでに村に絶対に帰るんだ

……と気持ちを新たにしたとき。

上の方から、なぜか小石がパラパラと落ちてきたのだ。

ふと空を見上げると、大きな落石がいくつも転がってくるのが見える。

「ぎゃあぁ～！」

ティアは、突如訪れた絶体絶命のピンチに悲鳴を上げたのだ。

◆◇◆◇◆

――ふんふん、ふん♪

フィヌイは子狼の姿で丸くなり、村の入口の草原でひなたぼっこを楽しんでいた。

上下に動かした自慢の尻尾の先にトンボが止まる。

狙いを定めて、前足で捕まえようとするがすぐにトンボは逃げてしまう。

――そういえばティア、頑張っているかな。村に帰ってきたらすぐに出迎えてあげなくちゃ。

夕方ごろには帰ってくるだろうから、それまでひと眠りしようかな。

フィヌイは呑気にあくびをすると、また丸くなりひとときの昼寝を楽しむことにしたのだ。

そしてティアは、一番星が輝く頃、夕飯を食べるために決死の思いで村に帰ってきたのだ。

生きてるってこんなに素晴らしいんだ。

ティアは頬を緩めると、夕飯を食べながら至福のひとときを味わっていた。

だって、とんでもない特訓から、奇跡的に生還できたのだ。ご飯の美味しさはいつも以上に素晴らしい！

その美味しさに感動し、思わず泣きそうになってしまうが……そこはぐっと堪《こら》える。

さすがに、目の前に座っている村長さんと奥さんに変な人と思われてしまう。それは避けたいものだ。

思い返せば……今日は一体何度死を覚悟したことだろうか。

命からがら村にたどり着き……村の入口に着くとフィヌイ様が真っ先に出迎えてくれた。まるで、大好きな人の姿を見つけ全力で駆け寄ってくるワンちゃんのように可愛いのだ……

思わず抱きしめて、スリスリしたくなるような衝動に駆られるが……そこは心を鬼にする。

そして修業の内容について問い詰めると、フィヌイ様はつぶらな瞳で、

――だって、人間のことわざに「獅子《しし》は我が子を谷底に突き落とし、這い上がってきた子だけを育てる」ってあるでしょ。僕はティアのことが大好きだから、あえて厳しい試練にしたんだよ。ティアにはこれから幸せになって、ずっと長生きしてほしいんだもの。

子犬のような愛らしい姿で、目を潤ませ尻尾を振って必死で訴えてきたのだ。

いや……長生きどころか、いきなり私の人生終わるかと思ったんですけど……、と心の中で

突っ込んではみたが。

ただ、悪気がないことだけはわかった。

そして、フィヌイ様なりにティアのことを考えてくれている。

もうこれは仕方がない。諦めよう。私が大人の対応をするしかないのだ。うだうだ言うだけ時間の無駄になってしまう。

それに、神殿での日々に比べれば、圧倒的に充実していることは間違いないのだ。開き直って、この瞬間を楽しみながら生きようと心に誓ったのだ。

そして、今は……ご飯が美味しいことに心から感謝。

まずはこの、茹でたてのほくほくのジャガイモ――

シンプルだが食が進み、不思議なことに気がつけばもう3個目に手が伸びていた。

皮が薄くパリパリなのに、中はほくほくでなんとも美味しい。塩をつけただけなのに甘みがありいくらでもいけるのだ。

話によるとこのジャガイモ、冬を越したもので、普通のものに比べ甘みが格段に増しているそうだ。

神殿にいるときに、主食としてよく食べていたが……こんなにも美味しく感じるものなのかと不思議に思ってしまう。

最も食べ応えがあったのは、ナスと挽肉《ひきにく》のトマトソース、白いソースのせグラタン——油で揚げたナスの中に挽肉が挟まれ、それをトマトソースの中に閉じ込める。贅沢なことにその上にはミルクで溶いた白いソースが敷き詰められ、さらにその上にはチーズを散らし、オーブンでじっくり焼かれていたのだ。

口の中でナスの柔らかさと挽肉の旨味がよく合い、トマトソースの相性が抜群だ。白いソースとチーズがそれを優しく包み込み、生きていてよかったと実感できる美味しさだ。

食後のデザートには冷たいチーズケーキ、苺とベリーソースのせが出てきた——山で採れた木苺やマルベリーをじっくり煮詰め、冷たいチーズケーキの上にたっぷりとかけてある逸品だ。

疲れた身体に染みわたる、甘酸《あまず》っぱく優しい甘さ。

生きていて本当によかった！

死んだらこんな美味しいものにも出会えないし……。あぁ、なんて幸せなんだろう。

心の中でそう思いながら、いつものごとくティアはお腹いっぱい食事を楽しんでいた。

そして、お腹も膨れたことであらためてフィヌイ様と交渉をし。

その結果、身体を休めるため明日の特訓はお休みということになり、ティアは安心して眠りにつくことができたのである。

◆◇◆◇◆

――それから数日後のこと。

ここ最近のティアの生活パターンは、2、3日置きぐらいにフィヌイ様の特訓、その合間に、村の診療所へ手伝いに行くの繰り返しだった。

千年以上前にフィヌイ様と共に来た若者……おそらくリューゲル王国の初代国王となった英雄のことだと思う。

つまりその聖人様も、ティアと同じ場所で特訓を受けていたらしいのだ。

フィヌイ様はそのときの話を懐かしそうに、夜眠るときによく聞かせてくれた。

だが、よくよくその話を聞いてみると……昔からフィヌイ様はこんな調子だったようで……特訓を始めた途端、いきなり死んでもおかしくないような特訓メニューなんか組まないでくれと、若者から愚痴交じりに文句を言われたそうだ。

そうだよね。その気持ち……本当によくわかるよ……

大昔の英雄だから、ものすごく立派な人だと思っていたけど、なんか親近感湧くな。

でも私、英雄でも戦士でもなく、『聖女』らしいんだけど……特訓メニューってほぼ同じなんだね。

と、当時の若者に深く同情しながらも、ティアはその話を聞いていたのだ。

そんなこんなで特訓は厳しさを増していったが、ティアはなんとかフィヌイの特訓に食らいついていった。


特訓が終わったある日の夜。

ティアが疲れて、泥のように眠っていると、どこからともなくおかしな音が聞こえてきたのだ。

ごりぃ、ごりぃ、ごり、ごり――

何かを削《けず》っているような奇妙な音だ。しかもすぐ近くで聞こえる。

ティアは眠い目をこすりながら、寝台から起き上がると、近くのランプに明かりを入れる。

音がした方角を明かりで照らすとそこには、
キラン――

金色に輝く2つの目がこちらを見ていたのだ。

「ぎゃあぁぁぁ………!」

ティアは思わず叫び声を上げたが、よく見てみるとそこには……

――やあ、ティア!

子狼の姿で、ちょこんとお座りをしているフィヌイ様がいたのだ。

「こんな夜中に……いったい何をやってるんですか!!」

——何って……？　爪研《つめと》ぎだよ。

尻尾を振りながら、てくてくとティアの傍に寄ってくる。

ティアはフィヌイを抱き上げると、

「本当に、びっくりしたんですよ……」

——えへへ……ごめんね。どうしても、夜に爪研ぎした方が、いい形に仕上がるんだ！

顔を近づけると、直立耳のふかふかした感触が頬に当たり、もふもふした感触を堪能できる。

おまけに、ランプの明かりを通して見るフィヌイ様もまた可愛い。

その瞬間。文句を言おうとしていた心が落ち着いていく。本当に癒されどうでもよくなってくるから不思議だ。

恐るべし、もふもふの力……

——ねえ、どっちの爪が綺麗に研げているかな。

万歳をするように両前足の肉球を見せてくれる。

か、可愛いすぎるよ……

抱きしめたくなる気持ちを必死で我慢すると、努めて冷静に感想を述べ。

「ど、どちらも素敵です……」

――ふ～ん、じゃあ、右足の爪の長さに揃えよう。

ジャンプすると、四本足で器用に床に着地したのだ。

――そうだ！　ねえ、ティア。そろそろこの村を出るから準備しておいてね。

「ええ～。もう出発するんですか。秋まで滞在しましょうよ～」

――次の目的地のこと。ひょっとして忘れてない……？

「う！　そ、そんなことないですよ……。ただ、もう少し待てば秋の味覚が出てくるじゃないですか～。美味しいキノコとか、山の木の実……栗《くり》なんかもあるそうですよ！」

――また、来られるから……。それに、この地域の冬は早いんだよ。この村は豪雪地帯だし早めに出発しないと動きがとれなくなる。ここから商業都市ディルまでは山越えがあるから野宿も多くなるし、とにかく準備はしておいてね。

そう言うとフィヌイ様はまた床で、爪研ぎに専念し始めたのだ。

ティアは泣く泣く今年の秋の味覚は諦め、フィヌイと共に数日後、村を出発したのだ。

◆◇◆◇◆

夏の日差しの中にも秋の気配を感じられる。

そんな季節に入っていた。

それでも、涼《すず》しかった山と比べると久しぶりの街道は夏の暑さがじりじりと感じられる。やっと深い山越えも終わり、野宿生活も終わりを告げたのだ。

フィヌイ様の大きな狼の姿の中でもふもふに包まれ眠る。最高級のもふもふ布団《ふとん》に抱き枕《まくら》は本当に贅沢で幸せだったたが……それでも宿屋のお布団も捨てがたいもの。

そして、今日は久しぶりに宿屋で眠ることができるのだ。

商業都市ディルまでは後少し、ティアの足取りは軽かった。

もう少し歩けばディルの市街地へ入る門が見えてくる。だが、そんなとき——

突然、フィヌイ様がぴたっと足を止めたのだ。

ちなみに、今は子狼の姿で一緒に街道を歩いている。

「どうしたんです？　いきなり立ち止まって」

不審に思いティアが声をかけると、

——僕の前方に、敵がいるんだよ！

「敵……？　何もいないですよ」

きょろきょろと辺りを見回してみるが。広々とした街道には旅人がそれなりに多くは歩いてはいる。後は、たまに辻馬車が通る程度だが。

別にそれらしい人の姿など見当たらない。ティアは首を傾げると、

「特に、私にはわかりませんが……」

――よく見てみなよ。僕の進路を妨害する奴の姿が見えるじゃないか。

ティアが、フィヌイの歩く方角の地面をよ～く見てみると、そこには。

「え……カマキリ……？」

――そうだよ。僕に立ち向かおうとする、命知らずな奴がいる。

確かによ～く見れば、1匹の手のひらサイズのカマキリが攻撃態勢で待ち構えていた。

「避けて歩けばいいんじゃないですか……？　道幅は広いんだし、ディルの街はもう目の前ですよ。カマキリに道を譲って先に進みましょうよ」

――この挑戦は受けて立たないといけない！　すぐに勝負はつくから……少し待ってて。

フィヌイ様はそう言うと、子狼の姿でカマキリと睨み合い続けたのだ。

どうやら、子狼の気持ちになってしまっているようだと、ティアはため息を吐く。

ちょうど街道の端の草むらに岩があったので、待っている間、腰でもかけておやつでも食べることにする。

お互い少しずつ距離を縮めながら、間合いをはかり。

フィヌイ様は前足で、ちょいちょいとカマキリにちょっかいをかけていた。

……なぜ対抗意識を燃やしているのかわからないが、とりあえず見守ることにする。

待っている間に、キャラメルの包みを開け口の中へと放り込む。

ああ……甘くて幸せ……

カラメルの苦味と甘さ、高級感のあるナッツの香ばしさが旅で疲れた身体に染みわたる味だ。

セシルさんからもらったお菓子、これが最後だから大切に味わっておこう。

ディルの街に入ったら、日持ちのする美味しいお菓子でも探そうかなと考えていると……

「キャン、キャン……キャン……」

フィヌイ様の声が響いたのだ。

見ればカマキリの鎌《かま》の先が、フィヌイ様の黒い鼻に刺さっていた。

――ティア～～！　痛いよ～！　あいつやっつけてよ～。

逃げながら、泣きそうな顔でティアの腕の中に飛び込んでくる。

ティアは、やれやれと腰を上げるとカマキリを傷つけないように、草むらの中に素早く追い払ったのだ。

――鼻の頭が痛いよう。もう、歩けない……このまま抱っこして……

ティアはフィヌイ様の耳の後ろから背中にかけて、よしよしと優しく撫で。

通行人が、先ほどの子犬とカマキリの戦いを見ていたようだ。温かく見守っていたり、失笑している人もいる。

……この見た目、愛らしい子犬がこの国の神様だなんて……さすがに誰も気づかないだろう。

そういうところもまた、微笑ましいと思いながらも、ティアはそのままフィヌイ様を抱っこして商業都市ディルの街へと入ったのだ。

◆◇◆◇◆

ここ最近、王都リオンではこんな噂話が広がっていた。

聖女様が神殿の腐敗《ふはい》ぶりに嫌気が差し、主神フィヌイ様と共に姿を消してしまったというものだ。

そんな話が街のあちらこちらで囁かれていた。

「あの噂って本当かしら？」

「例のやつか……。主神フィヌイ様と聖女様が神殿を飛び出して、旅に出たというあれか。なんでも、いろんな土地で身分を隠し人助けをしているらしいな」

「ええ、その話よ」

「だがな……この話には、裏があるようだ」

「なになに」

「大きな声じゃ言えないが聞いた話によると、今までの聖女様は素行《そこう》が悪すぎて、怒ったフィヌイ様が聖女の資格を剥奪したらしい」

「……本当に？　もしかして、新しい聖女様と一緒に旅をしているってこと……」

「ああ、神殿で働いていた人間の中に、新しい聖女様が現れたようだ」

「お、なんだよ……面白そうな話だな」

「私も、続きが聞きたいわ」

「いいか。ここだけの話……フィヌイ様も聖女様も神殿にいる人間が全て入れ替わらないと帰ってこないそうだぞ」

「そういえば、こんな話も聞いたわ。神殿でお祈りをしたり寄付をしたりすると不幸になるんですって。実際、私のお祖母《ばあ》さんなんかそれで腰痛が悪化したのよ」

「可哀《かわい》そうに……でもこんな話も聞いたわよ。救護院の仕事を手伝ったり寄付をしたりすると、願いが叶ったり幸福になるんですって。本当かしら」

「きっとそうよ。だってこの国でも有力な貴族、カリオン公爵家が神殿への寄付を止めたのよ。そのぶん、救護院や孤児院に寄付しているって聞いたから、間違いないわね」

「俺たち、不幸になりたくないしな」

「そうよ。フィヌイ様の天罰が下ったら大変だもの」

「神殿には、しばらく近づかない方がいいわね」

気がつけば、尾ひれもつきいろんな噂が広がっていたのだ。


「ふ、ふざけるな！　ここの神殿で祈りを捧げたら、不幸になるだと……誰がそんなふざけたことを……!!」

「お、落ち着いてください。街で広がっているただの噂ですから……」

部下の神官は必死で、神官長を宥める。

実際に神官長の顔は真っ赤になり、今にもこめかみの血管が切れそうになっていた。神官長は荒くなった呼吸をなんとか落ち着け整えると、部下を睨みつける。

「それよりも、ティア・エッセンは見つかったのか？」

「いまだ、捜索《そうさく》中でして……東の街道で目撃情報はいくつかありましたが、最も有力な、ベルヒテス山に向かおうとした矢先、急な山崩れが発生し……捜索に向かった者たちも神の祟《たた》りだと恐れて……その、いっこうに足取りが掴めません……」

しどろもどろで報告する部下に向かい、顔をまた真っ赤にすると神官長は怒鳴りつける。

「馬鹿者～!!　フィヌイ様が神殿に戻らなければ儂《わし》らは破滅なんだぞ！　わかっているのか」

「そ、それと、もう1つご報告が……」

「なんだ、いったい」

「前聖女のアリア様の姿が、先ほどから見当たりません。どうやら神殿を出ていかれたようで……」

「そんなのは、放っておけ！　叩き出される前に、自分から出ていったのだろう。田舎《いなか》にでも帰ったのだ。それよりも、ティア・エッセンだ。なんとしても探し出すんだ。儂だけでなく、お前らの首もかかっているんだぞ!!」

「は、はい……わかりました」

部下の神官は祭壇の間から、逃げるように出ていったのである。

6章　聖遺物を求めて

長旅の……しかも山越ルートは、思っていたよりも疲れるものだった。

商業都市ディルの街に入ったのは夕方ごろ……

先に1階にある食堂で軽い夕食をとり、2階の宿屋で宿泊の手続きをすると、自分の部屋に入りそのままふわふわの寝具の中に倒れ込み。

気がつけば、そのまますとんと眠ってしまったのだ。

――てぃ、あ……ティア……ティアってば！

顔をぺちぺちと、軽いもので叩かれているような気がした。

ティアが薄っすらと目を開けるとそこには、いつもの子狼姿のフィヌイ様の顔が、視界いっぱいに広がっている。

――もう、いつまで寝てるの！　すぐ、起きるって言ったじゃない！

遠くで、フィヌイ様の声が聞こえる。

「もう、朝なんですか」

――ううん、夜中だよ。

「……。むにゃ、むにゃ……すみませんが、朝までおやすみなさい……」

ティアは寝ぼけながら毛布を頭の上まで引き上げると、フィヌイのいない逆方向に寝返りを打つ。また、心地よい夢の中に戻ろうと意識が働いたのだ。

——おやすみなさい、じゃないの！　起きるの。起きてってば！　起きないと説明ができないの。

頭のてっぺんまで被っている毛布を、フィヌイ様は高速で穴掘りをするように前足ではぎ取ると、ティアの顔までてくてくと近づき、前足の肉球でティアの顔を再びぺちぺちと叩いたのだ。

——ひと眠りしたら説明を聞くって言ったじゃない！　起きて、起きて……起きて！

ティアが完全に起きるまでの間、肉球のぺちぺち攻撃が続き。

数分後、ティアは眠い目をこすりながら椅子に座っていた。

目の前にはテーブルがあり、商業都市ディルの街の詳細な地図が広げられていた。

ティアが街に入ってすぐ、フィヌイ様の指示で購入したものだ。

そのフィヌイ様は、テーブルの上端《うえはし》で行儀よくお座りをしている。

——それじゃ、説明するからね。

ティアは、眠い目でこくこくと頷いたのだ。

──この商業都市ディルを訪れた目的は、数十年前に王家から盗まれた『聖遺物《せいいぶつ》』を探すためなんだ。

「聖遺物？　って、王都にある王城の奥深くに厳重に保管されているっていうあれですか？」

──そう、その聖遺物。

『聖遺物』とは、聖女や聖人の身体の一部や遺品のことを示していた。偉大な人物のものは、奇跡を起こす力があると考えられ、神殿にあれば強い信仰を、王家にあれば権威の象徴とされていた。

「ん？　すると……現在、お城の中にあるのは偽物？」

──そう、本物は盗まれたから、今、お城にあるのは複製品《レプリカ》になっているよ。恥ずかしくって盗まれましたなんて言えないよね。王家は今も、密かに探し続けているみたいだよ。

「いや……聖遺物ってご遺体でしょ。ミイラとか骸骨《がいこつ》とかはちょっと……なんというか、そういうの探すのどうなんでしょう。……見つけたら埋葬《まいそう》して……手を合わせて、速《すみ》やかに成仏《じょうぶつ》してもらって土に帰ってもらった方がその人にとっては幸せかなって」

フィヌイは膨れると、前足の肉球でテーブルをぺしぺしと叩く。

──ティア、やる気なさすぎ！　もっとやる気を見せないと……

「だって、だって……なんか怖いし……呪われそうだし、自然の摂理《せつり》に反しているような気が……」

——盗まれたのは、この国の初代国王の遺品である飾りボタン。青くて綺麗なサファイヤが埋め込まれているものだよ。その中には、僕の強い神力が入ったままになっているから、それを回収するのが目的なの。

「すごく呪われた宝石でないなら大丈夫。フィヌイ様の呪いなら可愛いし、なんかすごいやる気が出てきました！」

——……??

途端にティアの顔が明るくなり、やる気に満ちている。

どうやらまだ寝ぼけていて、何か勘違いをしているらしいティアの様子にフィヌイは首を傾げつつも、話を続けたのだ。

——ずっと前から、聖遺物が商業都市ディルにあることはわかっていた。でも、取り戻しに行こうとは思わなかったんだ。

「どうしてですか？」

——その必要がなかったから……けど神殿を離れてティアと一緒に旅に出ることを決めてから気が変わってね。聖遺物を回収することにしたんだ。今のところ中の神力を使われた形跡はないし、どうやらこの街の者がコレクションとして保管しているみたいなんだ。

「ここって商人の街ですから。きっといろんなものが集まってくるんだと思います」

商業都市ディルは、リューゲル王国の中に存在しているが、唯一自治権を認められていた。

ディルの街は交易で潤《うるお》っている。東の果てにある国の品はもちろん、海を渡った南の大陸からの品まで集まる交易の中心地として栄えていた。

人の出入りも自由で、いろんな人々が集まり様々な文化に触れることもできる。

商人たちにより築《きず》かれた都と言ってもいいほどだ。

自由都市として認められる代わりに王国に莫大《ばくだい》な税金を納めているが、それでもこの都市の華やかさが損なわれることはなかった。

都市の自治も、有力な大商人たち8人の会議によって行われている。

王国や神殿の力が及びにくいここなら、聖遺物があったとしても不思議ではないのだ。

——うん、そうだね。ちなみに街に聖遺物があるのは、ぼんやりとならわかるんだけど……

正確にどこにあるかまではまだ特定ができないんだ。近くまで行けばわかるんだけど……。だから、しばらくは長期滞在になるよ。

「はい、そこは任せてください」

ティアは、嬉しそうな顔で答えた。

長期滞在となれば、いろんなところに出かけられる。お店もいっぱいあるし、大きな街にしかないものも買える。その前に両替商に行って、金貨を数枚、銀貨に替えておかないと……それから、異国の美味しいものもたくさんあるだろうし、今から楽しみだな。

気がつけば顔が緩んでいた。

——まったく……。ティアったら遊びじゃないんだから、もう少し聖女としての自覚を持たないとね。

「今の私は、旅の修道女ですからそこは大丈夫です」

——修道女だって、もっと慎《つつし》み深いよ。

痛いところを突かれたが、今のフィヌイ様の発言は聞かなかったことにする。

——やれやれ。まあ、とりあえず次の目的地だけど……まずここにしよう。

フィヌイ様は前足で地図の一点を示したのだ。ちょうど、ティアたちが夕方に通った場所だ。

「ここに、聖遺物があるかもしれないんですね」

——ううん、違うよ。

フィヌイはふるふると首を振る。

——ここには、美味しそうな屋台が出ていたんだ。そこにオムレットっていう、バターと蜂《はち》蜜《みつ》がたっぷり染みたのがあって、朝食はこれが食べたい！　持ち帰りもできるから、これを食べながらこの辺の捜索から始めようよ。

尻尾を大きく振りながら目を輝かせていた。

「わ、わかりました……」

――それじゃ、よろしくね！　僕はこれから眠るから、起こさないようにいつものカバンに入れてそのまま移動してね。朝食を買ったら、しばらくして起きてくるからそれまで食べるのは待ってるんだよ。それじゃ、おやすみ……。

テーブルから降りると、フィヌイ様は毛布に包《くる》まりスヤスヤと眠り出したのだ。ティアはなんとも言えない表情のまま、寝具に入るとまた眠りにつくことにする。

なんとなく、自分と同じような人間らしい親しみやすさが感じられほっとすると同時に。

神様っていったい……と思いながらも眠りについたのだ。


昨日言われた通り、ティアは朝起きると眠っている子狼姿のフィヌイ様をふんわりと毛布に包んだのだ。そしていつものカバンにそっと入れる。

窓を見ると金色の朝の光が差し込んでいた。

今日もいい天気になりそうな予感がする。すると心が晴れやかな気持ちになってくるから不思議だ。ティアは宿を出ると地図に示されている目的地へ、朝食を買うために元気よく向かったのだ。

まだ朝ということもあり、人通りは夕方に比べるとそれほど多くはないようだ。街のあちらこちらで、小鳥がチュンチュン鳴いている。

フィヌイ様ご指定の目的の屋台は、ふわふわの甘くていい匂いがしたのですぐに見つけることができた。

後はフィヌイ様が食べたいと言っていたものがあるかどうかだが……店員さんに聞いてみると残りは少ないがまだあるそうなので、ティアはほっと胸を撫で下ろす。

まだ、目当てのものは売り切れてはいないようだ。

あんなに食べたがっていたのに、ないのはさすがに可哀そうだしね。

この近くに、朝食を売っている屋台はいくつか出ていたが、他のところに行くのも面倒だし、ティアもここで朝食を買うことにしたのだ。

ちょうど、近くには公園がありベンチもある。ティアはそこで朝食をとることに決めたのだ。

石で作られたベンチに座ると、傍らにそっとカバンを置く。

フィヌイ様が目覚めるまで、ぼんやりと公園の樹木や花々を見ながらそこで待つことにしたのだ。

しばらくの間、ぼんやりと景色を眺め静かに耳を澄ませていると、すうぴぃ～すぅー……

フィヌイ様の寝息《ねいき》が聞こえてくる。

カバンの中を静かに覗くと、耳が垂れて気持ちよさそうに眠っている。やっぱり眠る姿も可愛いなあとティアの心はほんわかと和《なご》んでいく。

だがふと気がつくと、僅かに口から舌《した》の先が出ているのだ。

猫の舌はざらざらしているが、イヌ科の動物の舌はどうなっているのか、ふと気になったのだ。

だが、神様に向かってそんな罰《ばち》当たりなことをするなんてできない……でも、なんかすごーく気になるが今は必死で我慢する。

そうだ。気を紛らわすため空でも見ることにしよう。今日は晴れて青空も見えるし、涼しい風が吹いているなあ～としばらくそうやっていると。

フィヌイ様がカバンの中からもぞもぞと出てくる気配がしたのだ。

カバンから外に出ると、前足と後ろ足を念入りに伸ばしてから、ぶるぶるっと身体を震わせる。

気持ちよさそうにあくびをすると、ティアの顔を見つめたのだ。

——おはよう、ティア！

「おはようございます。フィヌイ様、よく眠れました？」

——うん、よく眠れたよ。

そう言うと、尻尾をひと振り。

ティアは包みを取り出すとフィヌイの前に広げたのだ。

「これで、よかったんですよね」

包みの中からバターと菩提樹《ぼだいじゅ》の蜂蜜がたっぷり染み込んだオムレットを取り出す。あれから時間が経ってしまったが、まだほんのりと温かい。

フィヌイ様は目を輝かせると、

――そう、これが食べたかったんだよね！　ありがとう、ティア。それじゃ、いただきます～。

言うが早いか美味しそうにもぐもぐと食べ始めたのだ。

その光景を微笑ましく思いながらも、もう1つの包みを開けてみる。

こちらは甘さ控えめの生クリームとカスタードが入ったオムレットが出てきたのだ。

朝食としてはどうかとも思ったが、たまにはいいだろう。

ティアもフィヌイと一緒に仲良く食べ始めたのだ。

そして何気なく遠くの建物を見ていると、なぜかはわからないが石造りの大きな建物が目に留まる。

理由はわからないが、ティアはなぜかそこが気になったのだ。

「……フィヌイ様」

——ん？　どうしたの。

ちょうどフィヌイ様はオムレットを食べ終わり、口の周りを舐め、毛づくろいを始めていた。

ティアは建物がある方角を指で示すと、

「あの建物……なんか気になるんです。ご飯を食べ終わった後に行ってみませんか」

——ティアにしては珍しいね。いつもなら必死で食べているのに。

「ええ、まあ……そうですね」

曖昧に答え、もぐもぐと自分のオムレットを食べながら答える。

フィヌイは建物がある方角を見つめると僅かに目を細め、

——ふ〜ん、なるほどね。いいよ。建物の近くまで散歩がてら行ってみよう。

「モグ……モグ……はい」

口の中いっぱいにものを詰め込んだリスのようになり、ティアは答えたのだ。


「ずいぶんと、大きなお屋敷なんですね」

ティアは、ほけっとした顔で石造りの大きな建物を眺めていた。その姿は田舎から出てきたお上《のぼ》りさんのようで……

大きな門の前には護衛が左右に2人。門の中には、噴水《ふんすい》と大きな庭園が広がり、奥には2階建ての大きなお屋敷があったのだ。

——貴族の邸宅とは造りが違うみたいだ。財をなした豪商の屋敷だろうね。

遠くから見ていた建物は街の中心近くにあった。

朝に比べると人通りも多く、誰もティアたちを気にする人などいないようで。

だが、ふと見るとティアたちと同じように建物を見つめる人物がいた。

遠目からだが、旅装でフードを被っている。長身の若い男の人のようだ。

ティアはその人を気づけば目で追っていたのだ。

その人物は、こちらが見ているのに気づいたのか、すぐに人ごみの中へと静かに消えていく。

なぜだか、ティアはその人のことがなんとなく気になっていたのだ。

——ふ～ん、ティアってああいうのが好みなんだ。

気がつけばフィヌイ様が、頬を膨らませてじーとこちらを見つめていた。

「好みとかそういうのじゃなくて……なんか、気になっただけで……。確かに、ちょっと格好よかったなあって思いましたけど……」

——ほら、やっぱりね。

「い、いや、だから違いますってば！」

わらわらと慌てるティアをしばらく眺めてから、

――ふっふふ……まあ、冗談はこれくらいにして、

「え？」

なんか無駄に体力を使ってしまい、ティアはげんなりと肩を落とす。どうやら、フィヌイ様にからかわれていただけのようだ。

――真面目な話。僕の神力に共鳴してティアの魔力もずいぶんと強くなってきているようだね。この建物、ずばり当たりだよ。

「え……つまり、ここにあるんですか？」

――そう、聖遺物はこの屋敷の中にある。

「なんか……全然自覚なかったんですけど、そうだったんですね」

――無意識でも場所を特定できたのは……ここ最近、聖女としての力が飛躍的に上がってきているんだよ。

ティアは褒められて最初は照れてしまったが、よくよく考えてみると本当にふか～いため息が出て、遠い目になってしまう。

「フィヌイ様のベルヒテス山での教え方、本当に何度も死を覚悟しましたから……」

――ふふふっ、その修業の成果を、今度は本格的に試してみようか！

「それって……まさか」

フィヌイ様は耳をぴんっと立て、目をキラキラさせると、

「もちろん、この屋敷に潜入して聖遺物を取り戻すんだよ！」

「やっぱり……」

ティアは諦めたように肩を落とす。

遠い目をして、近々不法侵入することになる屋敷を眺めたのだ。

まずは下調べからだよね。できる限り念入りにしなければいけないだろうし、フィヌイ様が切望していることだ。叶えてあげなければ……

現実として、捕まれば牢屋《ろうや》に放り込まれる。神託が下ったから聖遺物を取り戻しに来たと言ったところで、頭のおかしい奴と思われ、誰も信じてはくれないだろう。

だが、それも仕方のないことだと思いティアは腹をくくることにする。

そして……子犬を相手に、百面相《ひゃくめんそう》をしている変わった娘の姿は、街の中では人目を引いていた。

すぐ近くの通りを母親に手を引かれ歩いていた子供が立ち止まり、ティアに向かい指を差し母親に尋ねたが、母親は、はいはいと言いながら子供の手を引いて足早に去っていく。

また、通行人の何人かは怪訝《けげん》な顔をしながらもコソコソと話し、また別の通行人は奇妙な娘とは関わり合いになりたくないとばかりにその場をそそくさと去っていく。

そして近くには、ティアが気になっていたあの男の姿もあったのだ。

男は、ティアと白い子犬の姿を黒い瞳に焼きつけるように見ると、静かにその場を去っていったのだ。


空を見上げれば、暗闇には小さな星が輝くのみ。

今日は、月が見えなくなる新月《しんげつ》の晩で辺りは闇に包まれていた。

人が寝静まる深夜でも屋敷の周りでは警備の人間が松明を持ち、敷地内を巡回している光景を見ることができた。

「予想通り……警備の人数やっぱり多いですね」

――まあ、こんなところだよ。

憂鬱《ゆううつ》そうなティアに対し、フィヌイは子狼の姿で軽い口調で答えたのだ。

大きな狼の姿では小回りが利かず動きにくいので、この姿をとっているらしい。

「フィヌイ様のその姿……白に近いので目立ちませんか？　普通に周りから見えないようにした方が……」

――それは、大丈夫。いざとなったら迷い込んできた子犬のフリをすればいいんだから。

「はぁ、そうなんでしょうか」

どうして自信満々なのかはわからないが、神様なのだから心配はないだろうと納得するのだった。

ちなみにティアの今の格好は全身黒づくめ。長い髪は頭の上でまとめて、黒いローブなんか着て顔を隠している。さすがに修道女の格好で、この屋敷に不法侵入するわけにはいかない。

ティアたちは数日前に見ていた、屋敷へと潜入したのだ。

この屋敷は、商業都市ディルを牛耳《ぎゅうじ》る有力な大商人、8人のギルドマスターのうちの1人、アドラ・ネーシュの邸宅だったのだ。

アドラ・ネーシュは、貿易商として一代でここまでの富と財産を築いたいわゆる成金《なりきん》で、調べていくと悪い噂ばかりを耳にした。

例えば、取り扱っている商品は、正規のものだけでなく盗品などにも手を出し犯罪組織と繋がっているとか、この国では禁じられている人買いなども裏で行っているというものだ。

なんか噂ではとんでもない人のようだが、できることなら噂通りでないことを心から願うばかりだ。

——う～ん……どうやら、2階が怪しいみたいだ。

フィヌイ様は鼻をひくひくさせ空気を嗅ぐ仕草をする。

2階に向かう階段には人影はなく、小さな燭台《しょくだい》の明かりが揺れるのみ。

こんな夜中だから使用人の姿も見かけない。たまに警備の人が近くを通ることもあるが、見つかることなくスムーズに進むことができた。

これも、フィヌイ様の加護があるからかもしれない。

やがて屋敷の奥にある部屋の前に来ると、フィヌイ様はぴたっと足を止めたのだ。

――ここだね。この部屋で間違いなさそうだ。

「扉には鍵が掛かっているみたいですね」

ティアが扉の隙間を覗いてみると、錠《じょう》のようなものが掛かっているのが薄っすらと見えたのだ。

――部屋の中に人がいる気配はないね。それに壁は石で造られているしこれなら入れそうだ。

ティア、力を使ってみて！

「は、はい」

ティアは壁の一部分に意識を集中させる。すると次の瞬間にはフィヌイ様と一緒に部屋の中へと移動していたのだ。

「壁も元通りだし、成功したみたいですね」

――うん、いいんじゃないかな。

フィヌイ様は尻尾を振っていたようだった。

明かりはなく真っ暗だったが、次第に目が闇に慣れていく。

部屋の中を見渡せば、いくつもの調度品《ちょうどひん》や宝剣《ほうけん》などが飾られ、所々に豪華な箱なんかも置かれている。

どうやら――宝物庫のようだ。

フィヌイ様は、なんの迷いもなく障害物を器用にジャンプしながら進んでいく。

そして銀の小箱の前に来ると、はたっと動きを止めたのだ。

――この中にある……間違いないよ！

とても嬉しそうな声だ。

ティアも調度品の障害物を避けながらやっとフィヌイに追いつくと、棚の上に置かれてある、手に収まるような銀の小箱を見つめたのだ。

そっと指先で触れてみるが、箱に損傷はなくとても綺麗で、鍵が掛かっているようにも見えない。

「この銀の小箱でいいんですね」

――うん。

フィヌイ様が頷くのを確認すると、ティアは恐るおそる箱を手に取り、蓋を開けたのだ。

箱の蓋を開けた瞬間、光の波紋《はもん》が部屋中に広がっていく――

まるで青く優しい光が、揺らめいているようだ。

それは、長い年月が経っているとは思えないくらいの優しい輝きで、

「これが、フィヌイ様が探していた聖遺物……」

——懐かしいな……。持ち主はとうの昔に亡くなっているのに、この光は変わらない。

そこには青い宝石が埋め込まれている、古い飾りボタンがあったのだ。

ティアは青い宝石に、まるで魂《たましい》を持っていかれたように見惚れていた。そしてあることに気づいたのだ。

似ているのだ。フィヌイ様の青い瞳の色にそっくりだ。

——ティア、少しいいかな。銀の小箱を床に置いてもらえる……？

フィヌイ様の言葉にはっと我に返ると、ティアは銀の小箱を床へとそっと置いたのだ。

どうやら少しばかり、ぼんやりとしていたらしい。

それにしても不思議な気分だ。飾りボタンの本来の持ち主の心に触れたような、なぜか懐かしい気持ちになる。

フィヌイ様は箱の中の青い宝石に僅かに鼻先をつけると、口の中でブツブツと呪文のような言葉を呟いていた。

しばらくの間そうしていたが、やがて静かに銀の小箱から離れたのだ。

再びティアが小箱を持ち上げたときには、中には宝石が埋め込まれた古い飾りボタンがあるだけで。

先ほどのような優しい揺らめきはすっかりと消えていたのだ。

――さってと、これで僕の神力は無事に回収することができたよ。その後だけど、ティアはどうしたい？　なんならもらっちゃう。

ちょこんと床にお座りをすると、悪戯っぽくフィヌイは尻尾を振りながらティアに問いかけてきた。

ティアは静かに被りを振ると、

「聖遺物の……本来の持ち主に返してあげましょうよ。この子だってそれを望んでいるそんな気がするんです。それに、私なんかには分不相応ですしね」

笑いながらそう答えたのだ。

――ティアだったら、そう言ってくれると思ったよ。

フィヌイは優しい目をしてそう答えたのだ。

だが、そのとき――

「……!?」

ふと、人の気配がしたようなそんな感覚がよぎる。ティアが思わず後ろを振り向こうとした

そのとき、

「——!!」

首の後ろに強い衝撃を受けたと思った瞬間……視界が暗転したのだ。

床にどさっと倒れ、そのときに僅かに声を聞いたのだ。

この白い獣は……高く売れそうだな……閉じ込めて……。

そこの……小娘《こむすめ》は大した金にはなりそうにない……とりあえず牢屋にでも放り込んでおけ
……

私が気を失ったら、フィヌイ様は身動きがとれなくなる。なんとか起きないと……

そう思ったが、気がつけば意識は闇へと吸い込まれていったのだ。

目を薄っすら開けると、石で造られた湿《しめ》った天井が見える。——そして、寝返りを打てば、右には鉄格子《てつごうし》が見えたのだ。

「……」

そうか。

ここは牢屋の中なのかとティアはぼんやりと考えていた。それが実感として湧いてくると、涙がじんわりとあふれてくる。

これから私はどうなるのか……フィヌイ様は無事なんだろうかといろんなことを考えてしまう。そして悲しい気分になってしまうのだ。

だが、しんみりとした気分に浸っていると、ふいに声をかけられたのだ。

「よお、お仲間——目が覚めたみたいだな！」

聞いたことのない、おまけに場にもそぐわない明るい男の声だ。

ティアはむくっと起き上がるとあふれそうになっていた涙を拭き拭き、声のした方に顔を向ける。

その瞬間、首の付け根となぜか顔面、特に鼻の頭に痛みが走ったのだ。

「痛っ……！」

思わず顔をしかめて両手で顔を押さえていると、

「まあ、そうだろうな。牢屋に入れられたとき、顔面から床めがけ見事に着地していたからな。そりゃ痛いわ。アハハハハ……」

「う、うるさい……」

暗闇の中、お気楽に笑っている男にティアはだんだんと腹が立ってくる。

「そもそも、あんた一体誰なの？　それに、お仲間ってどういうこと？」

「俺の名前はラース。お前も俺と似たような盗み目的でアドラ・ネーシュの屋敷に侵入したんだろ。だから、同じ侵入者どうしってことで、お仲間って呼んだんだよ。間違いないだろ？」

「うっ……」

そう言われると返す言葉がなかった。

やっと目が慣れてきたのか——ぼんやりとしたシルエットでしか認識できなかった男の姿が徐々に見えてくる。

長身の若い男で、年は20代ぐらい。黒い髪と同じ色の瞳。細身だがバランスがとれた身体つきで、鍛えているように見える。そしてとても整った顔立ち。だが、この口調では性格はあまりいいとは言えないだろう。

待てよ……この人どっかで見たことあるような……男の顔をじーと見ていると、

「あぁ！　あのとき、屋敷を見ていた不審な男……！」

そうだ。フィヌイ様と初めてこの屋敷の前に来たときに、なぜか気になっていた人物だ。

「お前なぁ。人を不審者扱いする前に名前ぐらい名乗れないのかよ」

確かに。ここに来て自分の名前を言っていないことにティアはようやく気づいたのだ。

「ティアよ。——ティア・エッセン」

「それじゃ、ティア。言っておくが目立っていたのはお前の方だ。子犬のような白い獣を相手にぶつぶつ言いながら百面相をしていただろう。どう見ても不審者はお前の方だったぞ」

「うっ……」

途端に、ティアの顔が真っ赤になる。

私、街中でそんなことをしていたんだ。は、恥ずかしい。

「そういえば……今日は白い獣は一緒じゃないんだな？」

ラースは周りを見回しながら尋ねたのだ。

そうだ。フィヌイ様って神様だし冷静によーく考えてみればおそらくは無事なんだよね……

今、どうしているんだろう？

ティアは、暗い牢屋の中でフィヌイのことを思ったのだ。


「くしょん……！」

——ん……誰かが僕のことを噂している。ティアかな？

フィヌイといえば明るい部屋の一室、小動物を入れる小さなゲージの中に閉じ込められていた。

幸いティアが無事であることは感覚としてわかっている。そうでなければ、すぐにでも脱走しティアを助けに向かっていたが……

無事だと確信がある以上、はっきりと確かめたいことがある。しばらくは様子を見るため、白い子犬のフリを続けることにしたのだ。

丸くなり耳を伏せてぷるぷると震えて、怯《おび》えている子犬のフリをしながら外の様子を窺《うかが》ってみると。

蝋燭《ろうそく》の明かりの中、ちょうど2人の男が密談を始めたところだった。


ラースは、じっとティアのことを見つめると唐突に、

「なるほどな……つまりは一緒に来てはいたが、見つかってお前は牢屋、白い獣の犬っころはどこかに捕まっているってわけか」

「なんでわかったの〜！」

「お前、わかりやすいんだよ……顔に書いてある」

ティアの絶叫《ぜっきょう》に、ラースは冷静に答えたのだ。

「あの白い獣、お前よりは格段に高く売れそうだからな。チラッと見ただけだが、あれは相当な逸品《いっぴん》だ。なにせ縁起物《えんぎもの》だからな」

「ど、どういうこと？　あの子はただの白い子犬よ」

「リューゲル王国の主神フィヌイが現世《げんせ》に現れた姿。つまりは神の化身――。ああいう白い毛に、青い瞳の獣はそう呼ばれている。おまけに希少だから高く売れるのさ」

「うっ」

なんかこの流れだとフィヌイ様が神様だって気づかれそう。とにかくこの男の前では、発言には本当に気をつけないと……

「そ、それはただの言い伝えでしょ」

「まあな。まさか本当に神がこんな聖女とは思えないような、地味で変な小娘と一緒にいるわけないよな。ハハハハ……」

「うっ、うるさい……」

フィヌイ様が神様だと気づかれていないことには安心したが……なんかだんだんと腹が立ってくる。

くっそー、確かに私は地味だし聖女らしくないですよ。悔《くや》しい～こんな奴にこんなこと言われるなんて……。

「まあ、冗談はこれくらいにして……。これからどうする。ガキどもがいることだし、少しは本気で考えないとな」

「……？」

そのとき、くいくいと誰かがティアの服の裾《すそ》を引っ張ったのだ。

「おねえちゃん……もうお顔、痛くないの」

ティアが下を向くとそこには小さな女の子がいたのだ。それだけではない、周りを見回して5、6人の子供たちが同じ牢に入れられていたことに初めて気づいたのだ。

「ティアお前さ、ガキどもに感謝した方がいいぞ。お前が牢に放り込まれたとき、こいつらがお前のこと心配していたから……俺がわざわざ呼吸がしやすいように、お前を仰向けにしてやったんだからな」

「だって、あのままだと顔が痛くなるし呼吸もできないから。でも、このおじさんもお姉ちゃんのこと心配していたよ」

これは、少し大きい男の子の言葉だった。

「みんな、ありがとう。心配してくれたんだ……。ラースもありがとう。口が悪いだけじゃなかったんだね」

「お前、一言多いぞ……」

周りから、明るい笑いが起きる。

子供たちから話を聴いてみると、みんな騙されてここに連れてこられたようだ。

早く家に帰りたい——。お母さん、お父さんに会いたいと口々に訴えて泣いている子供もいる。

ティアは子供たちを明るく励《はげ》ましながら、絶対に助けが来るから大丈夫だと言い続けた。

ラースも口は悪いが、子供たちを気遣っている様子を見せていた。もしかしたら、それほど悪い人間ではないのかもしれない。

ラースの話では、アドラの人買いの噂はどうやら本当で……牢番と屋敷の者が、牢に入れられている子供たちを外国に売り払う、と話していたのを聞いたそうだ。

こんな奴らの思い通りになど、なってやるものかとティアは心を奮《ふる》い立たせる。

なんとか、ここから子供たちを逃がさなければと懸命に考えていると、

「キャウ！」

「本当の神様だ……！　神様が助けに来てくれたんだ！」

牢の外から聞き覚えのある小動物の声がしたのだ。そして子供たちの誰かの明るい声も聞こえ、

「キャウ……キャウ……」

その声に反応するように、小動物の鳴き声がさらに響く。

ティアも牢の外を見ると……そこにいたのはやはりというべきか。

もふもふの白い毛をした青い目の愛らしい子犬が、牢の鍵を咥《くわ》えて目の前に座っていたのだ。

ぱたぱたと人懐っこそうに尻尾を振っている。その姿も、頼もしくっていつもにも増してすごく可愛い！

「フィヌイ様、来てくれたんですね！」

思わずティアが発した声に、ラースは静かに目を細めたのだ。

——ティア、お待たせ！　助けに来たよ。

子狼の姿だが、白い子犬のフリをしてフィヌイ様は現れた。

もちろん、口には牢の鍵の束《たば》を咥えている。

そして……近くを見れば牢番は、こっくり、こっくりと椅子に座りなぜか眠っていたのだ。

——ん？　……なんか大人数になってるけど、まぁいいか。まとめて逃げ出せばいいよね。

もふもふの愛らしい姿で首を傾げ、牢の様子をじっと見ていたが、すぐにお気楽に答えたのだ。

だが、そのとき——

「おい、ティア。お前……その犬ころのこと、フィヌイ様とか言ってたよな」

ラースの鋭い言葉にティアはぎくりとする。

「フィヌイっていえばあれだよな……この国の主神フィヌイ」

しまった……うっかり口を滑《すべ》らせちゃった——内心、非常に慌てていると助け舟は意外なところからやってくる。

「そんなの、神様に決まっているじゃない！　神様が子犬の姿で助けに来てくれたのよ！」

子供たちの1人、元気な女の子が無邪気に断言する。

実際、本当にその通りなのだが……ここぞとばかりにティアも子供たちに話を合わせているフリをして、

「そうよ！　フィヌイ様が助けに来てくれたの。みんなの願いが通じたのね、本当にありがたいことじゃない」

「キャウ……キャウ」

フィヌイ様もそれに合わせ子犬のフリで頷いてくれている。

「まあ……別にいいけどな」

彼は不信感を残しながらも、それ以上は何も言ってはこなかった。

「だが、ここから先はどう逃げるつもりなんだ。間抜けな牢番は眠ってはいるようだが……ガキどもをぞろぞろ引き連れて外まで逃げきれるのか？」

「え～と……」

ティアが言葉に詰まっているとフィヌイが語りかけてくる。

――それは大丈夫。屋敷の人間は全て眠らせてあるから、夜が明けるまで起きてくることは絶対にないよ。その間に外に逃げちゃえばいいんだよ。

さすがはフィヌイ様だ――そんなすごいことを難なくやってのけるなんて。

神様の加護により屋敷の人間は朝まで起きてこないことを、ティアは自信を持ってラースを始め、みんなに伝えたのだ。

ティアと子供たちから尊敬の眼差しを向けられ、フィヌイ様はとても満足そうな顔をしていたが。

ただ1人、ラースだけが胡散臭《うさんくさ》そうにフィヌイを見つめていたのだ。


ティアが鉄格子の隙間からフィヌイの咥えた鍵の束を受け取り、ラースに渡すと、ラースは難なく牢の鍵を開けたのだ。

牢の外へと出ると隅っこに置かれていた自分の荷物を取り戻し、子供たちを引き連れてここから脱出することにする。

前を歩く子狼姿のフィヌイ様に案内され、先ほどの宝物庫の中に今度は扉からなんなく入ると、ティアは聖遺物が入っている銀の小箱を回収したのだ。

そして、自分の懐《ふところ》にしまおうとしたとき——

「おい、それを盗むつもりか？」

廊下で子供たちと一緒に待っていたはずのラースの姿がそこにはあったのだ。いつの間にか宝物庫の中に入ってきたらしい。

「――失礼ね、私はそんなことはしない。本来の持ち主に返すためにここから持っていくのよ」

「本来の持ち主……？」

「王家の所有だって聞いたわ。だから返しに行くの」

「そいつは俺が預かる……。お前が持っているとかえって怪しまれる。これは、俺から持ち主に返しておく」

気がつけば、いつの間にか小箱をティアから取り上げると、ラースは箱の中身を慎重に確認したのだ。

「ちょっと……」

「俺はな、王城にも潜入したことがある。こんど王城に行ったとき、それとなく置いといてやるよ」

半ば強引な態度に、ティアは不満そうな顔をする。

――まあ、いいんじゃないの。こいつに任せておけば、ティアがわざわざ危険を冒《おか》すことはないよ。

意外なことにフィヌイ様は、この男の行動を容認したのだ。

神様がいいと言うなら、これ以上ティアが口を挟める理由など思い浮かばない。

「そういえば、お前はこの屋敷を出た後どうするんだ」

「もちろん、この街の衛兵に通報してから、責任を持って子供たちを家に帰してあげなくっちゃ」

「悪いが、それも俺に任せてはもらえないか？」

「どうしてよ」

「俺は、商業都市ディルを束ねるギルドマスターのうちの1人の依頼で動いている。アドラ・ネーシュの悪評は有名だが、奴はこれまで尻尾を出さなかった。もし、国に知られれば自治権を取り上げられる危険な案件でもあるし、いろいろと厄介な事態になる恐れもある。正直、国に知られる前にこちらで対処したいというのが依頼主の考えだ。おまけに商売敵《しょうばいがたき》を正当な理由で潰《つぶ》すこともできるしな」

なるほど。この男が屋敷に侵入したのはそんな理由だったのか……

ティアがちらっと視線を送ると、フィヌイ様は静かに頷いていた。許可が下りたのだ。

「わかったわ。貴方に任せることにする。その代わり私たちのことはこの街の人たちには言わないで。それと子供たちの安全は保証して、必ず無事に家まで送り届けてあげてね」

「ああ、いいぜ。誰もこんな話、信じないだろうしな。ガキどもが話したところで、大した障《さわ》りにもならないだろう」

不敵な顔で、この男は笑ったのだ。

こうして、この出来事は解決へと至ったのだ。

アドラ・ネーシュは見事に失脚し、捕まっていた子供たちは無事に家族の元へと帰っていったのだ。

◆◇◆◇◆

それから数週間後のこと――

ティアは街のとある食堂で、遅めの昼食をとっていた。

一通りの買い物を終えてから立ち寄ったので、時間が外れていたこともあり、中には数組の客がいるのみ。

そして、足元には子犬のフリをしているフィヌイ様の姿もある。

ペット入店可の店でこんなにも落ち着いて食事がとれるのは、この街に来て、片手で数えられるぐらいだろうか？

ディルの街は大都市ということもあり、大概《たいがい》の飲食店ではペット入店お断りとなっている。

それを街に来て初めて、従業員さんから聞いたときにはやっぱりなあ～とティアは思ったが
……

子狼姿のフィヌイ様は違っていた。小さく頬を膨らませ怒っていたのだ。

その場はなんとか、フィヌイ様を宥めて落ち着いてもらったが、宿屋に戻ってからも怒りは収まらないようで、

——僕はペットなんかじゃない……！　純白のもふもふの毛並みと青い瞳が目に入らないのか！　神様なんだぞ……！　お前らの目は節穴《ふしあな》なのか……！

とか言いながら子狼の姿で布切れを振り回し、1人（？）で荒れていた。

小さい姿で部屋の中を暴れ回っていたので大した被害は出なかったが、これが大きな狼の姿なら……宿屋は完全に崩壊していただろう。

最後には、あいつらひどいんだよ——と泣きついてきたのでティアはよしよしと気持ちが落ち着くまで慰《なぐさ》めたのだ。

そんな姿も可愛いなあと思いながらも、ティアはつい和んでしまっていた。

まあ、そんなこともあってか食堂に行くときは、フィヌイ様は渋々ながら姿を消してついてくるようになったのだ。

しかし、食堂に入るのはどう見ても1人だけ。

相当な量を食べて帰るので、ちょっと目立ってしまっていた。本当は、フィヌイ様も姿を消してご飯を食べているので、そう見えるだけなのだ。たぶん……。

だが、そんなフィヌイ様も今日はご機嫌な様子で食事をしている。

久しぶりに穏やかな気分で、ティアも運ばれてきたばかりの大皿のポテトフライに手を伸ばし、もぐもぐと食べていると、

「よお、久しぶりだな！」

聞いたことのある声がしたのだ。

そう……そこにいたのは黙っていれば端正な顔立ち。口を開けばそうは見えなくなる男。正面からやってくる長身で黒髪の若い男は、間違いない。

「ラース！」

ティアは思わず素っ頓狂な声を上げたのだ。

「……とりあえずこの間のこと、お礼は言っておくわ。本当にありがとう」

「ほお、ちゃんと礼が言えるとは意外だな。まあ、それはいいとして……こんなところで会うとは奇遇だな」

とか言いながら許可もなく、ティアの正面、空いている席に勝手に座ったのだ。

「ちょっと……」

「ぎゃう……」

途端に、ティアとフィヌイは嫌そうな顔をする。

「お前ら、揃いも揃って同じような顔するなよ。やっぱりあれか、一緒にいると犬っころも飼い主に似てくるんだな……」

アハハハと呑気に笑い、気がつけばオーダーを取りに来た店員さんに、メニューを適当に注文していたのだ。

こいつ……私たちを探していたんだな——とティアは心の中でそう思い。

なぜだか、厄介ごとの予感がしたのだ。

「それで用件はなんなの……？　奇遇なんて絶対嘘でしょ」

ティアのジト目に、ラースは肩をすくめると、

「おいおい、そりゃないだろ。俺とお前の仲じゃないか」

「そんな仲なんか存在しないんですけど……」

冷めた目でラースを見ながらも、ポテトフライに伸ばす手をティアは止めなかった。相変わらず、もぐもぐと食べていたのだ。

「ティア、お前って冷たい奴だよなあ……」

「私はしっかりと人を見てから判断するようにしているの。だからこれは仕方がないことなのよ」

「ああ、そうかよ」

彼は、ひょいと大皿のポテトフライに手を伸ばすと口の中に1つ放り込む。

「おぉ、ここの店の味なかなかいけるな。ただのポテトフライかと思いきや、ジャガイモの甘みがよく出ていて、中はホクホクなのに外はカリッとしている。おまけに異国風の赤い香辛料がかかっていて、一度食べたら止まらない後引くうまさだな……」

とか言いながらもラースは、さらにポテトフライに手を伸ばしていく。

「ちょっと……なに、勝手に人の料理を食べているのよ！」

「がつがつがつ……きゃうっ、きゃう！」

フィヌイ様も器に入れてもらっているポテトフライを食べながら、そうだそうだと言っている。

「心配するなよ。ここは俺のおごりにしてやる。依頼主から報酬も入って懐も温かいからな」

ティアはその言葉を聞くと、さっと手を上げる。

「すみません。追加のオーダーお願いします。このポテトフライの大皿もう1つに、鶏肉《とりにく》のクリーム煮を2つ、あとここのメニューに書いてある上から下までのを1皿ずつと、デザートの盛り合わせもお願いします」

「待てよ、そんなに食べるのかよ！」

「だって、おごってくれるって言ったから食べなきゃ損でしょ。ねえ、フィーもそう思うでしよ」

「きゃう！」

仮の名前を呼んで同意を求めると、フィヌイ様は、尻尾をふりふりそうだと言わんばかりにティアの顔を見つめたのだ。

「お前ら……ほんと鬼だな……」

ブツブツ言いながら財布の中を見て、ラースはなぜか落ち込んでいたのだ。


「それはそうと、ティアお前に聞きたいことがあってな……」

一通り食べ終わり満腹になった頃合いに、ラースは話しかけてきた。

フィヌイ様はといえば、聞き耳を立てながら子犬のフリをして静かに水をぺちぺちと飲んでいる。

「王都リオンの神殿を飛び出して、旅をしている聖女の話なんだが聞いたことはないか？」

いつもの飄々《ひょうひょう》とした態度だが、これまでとは違いラースの目は鋭く光っていたのだ。

「そ、そうね……聞いたことはあるわ」

平静を装いつつ、ティアが運ばれてきた紅茶をズズッと飲みほすと、

「一緒の牢に入れられていたガキどもの数人が妙なことを言っていた。それが気になって、お

前を探していた。例えば、傷《いた》めていたはずのところが、気がついたときには綺麗に治り、痛みも引いていたとか……」

「そう、だったのね。じつは私、黙っていたけど、旅の修道女なの。だから少しは治療魔法を使えて……まあ、ほんの少しだけど。それにあまりにも痛そうで、それでも我慢していたから子供たちの怪我をそれとなく治しておいたのよ。ただ、あまり目立つことはしたくなかったから何も言わなかったの」

「そうか……だが、おかしな話だな」

ラースの目は、心なしかさらに鋭く冷たくなったような気がする。

「俺は牢に入れられたとき……ガキどもの怪我の状態を確認して簡単な応急処置だけはしておいた。1人は骨折、後は肩とかの打撲がほとんどだったが、妙だな……。治癒魔法を使うとなると一定時間はじっとしていなければならないはずだ。それに骨折を瞬時に治すことなど不可能。そんな芸当ができるのは俺の知る限りでは1人しかいない。この国の主神の加護を受けたという『聖女』と呼ばれる奴だけだ」

「あ、いけない！　そういえばこの後、用事があったんだ……。大変すぐに出かけないと！」

ティアは白々しく大きな声を出すと席を立ったのだ。

「おい……話の途中だぞ……」

「フィーも行くよ。急がないと遅れちゃう」

「キャウ！」

フィヌイ様は耳をぴんっと立てお座りをすると、お行儀よく返事をする。

「おい、待てよ！　人の話を聞け……」

ティアは右手には買い物の荷物、左には子狼の姿のフィヌイを抱え、店の入口まであっという間に移動すると後ろを振り返り、

「ラース、今日はおごってくれてありがとう！　その話はまた今度ということで、それじゃ、さよなら～」

店の扉を閉めると、ティアは脱兎《だっと》のごとく逃げ出したのだ。

出入口についているベルだけが静かに、店内に鳴り響く。

はっと、ラースは我に返ると、

「あいつ～　まだ、話の途中だぞ……」

彼がティアを追いかけるため席を立ったそのときだった……

誰かに、後ろからがしっと肩を掴まれたのだ。

「お客さん……お会計がまだですよ。まさかとは思いますが食い逃げじゃないでしょうね？」

強面《こわもて》で大柄な、店の亭主の姿があったのだ。

「おぅ……」

ラースは渋々、会計を済ませると急いでティアの後を追う。

この間にも時間ロスは発生している。なんとしても、あいつらよりも先に急いでティアを見つけなければいけない、そう思ったのだ。

7章　ディルの街の迷宮

ティアは店の扉を努めて冷静に閉めると、脱兎のごとく逃げ出したのだ。

あれだけ食べればお会計にも時間がかかるし、ラースだってすぐには追ってこられないはず。

走りながら子狼の姿をしたフィヌイ様を、いつもの肩掛けカバンの中にそっと入れる。フィヌイ様も慣れたもので、すぐにカバンの隙間からいつものようにひょっこりと顔を出したのだ。

そのまま小さな路地を走り続けていると、角を曲がった先に市場へと続く大通りが見えてくる。ティアは迷わず大通りへと入る。

人ごみに紛れると、周りの人たちに歩調を合わせて、何事もなかったかのように歩き出し、目立たないようにすぐにフードを深く被ったのだ。

人通りのないところを全力疾走《しっそう》で行くよりは、人ごみに紛れてしまった方が見つかりにくいとティアはそう考えたのだ。

夕方前のこの時間、大通りは夕飯の買い物に来た女性たちを中心に賑わっていた。

色とりどりの大きな布が市場の通りに張り巡らされ、上空を覆っている。

雨除《よ》けにもなるし、暑い日差しを遮《さえぎ》るカーテンの役割を果たしているようで、異国の風情《ふぜい》を感じることができる。

本当ならもう少し観光を楽しみたかったが、今の状況ではそうも言ってはいられない。近いうちにこの街を出なければいけないのだ。

人ごみに紛れ、しばらく歩いているとフィヌイ様が話しかけてきた。

——僕はどっちでもいいんだけど……ティアはあの男の話、最後まで聞かなくってよかったの？

「いいんですよ。ご飯もしっかり食べたし食後の運動もしないといけないですし、それに……ラースと関わると厄介ごとに巻き込まれそうな気がするんです」

——まあ、ティアのことを聖女だって完全に気づいていたしね。あいつの前で、こっそりと聖女の『治癒の奇跡』を使ったのまずかったんじゃないの？

「うっ……そうなんですけど、あの場はあれしか方法が思い浮かばなかったんです……それに、子供たちが痛みを必死に我慢していたのを見過ごせなかった。私には、治すことができたから……」

そう、正体がバレてしまってもティアには他人《ひと》ごととして片付けることができなかった。知らんぷりなどできるわけがない。

神殿で自分が本当に苦しく助けを求めたかったとき、見なかったことなかったことにされ、知らんぷりされた虚しさや悲しさをティアはよく知っている。

同じように苦しんでいる人たちがいれば力になってあげたかったのだ。

それでも、神の力を代理で行使できるだけの、卑小な人の身にすぎないが、それでも微力ながら手伝えることがあるかもしれない。

今にしてみれば、ラースに気づかれず、子供たちの怪我も治すもっと良い方法があったのかもしれない。

……でもあのときのティアにとっては、それが思いつく限り最善の方法だったのだ。もちろん後悔はしていない。

しかし、これからどうするべきか悩みどころでもある。

ディルの街にもそう長くはいられない。この噂が広がり、神殿の関係者もティアを探しにやってくるだろう。

そうすると、遅くても明日にはこの街を出なければいけない。とりあえず目的のものは買えたし、宿屋に戻って急いで荷物をまとめないと……

今後のことを考えながら、しばらく大通りを人の流れに乗り歩いていたが、宿に戻るため小さな路地を曲がり道なりに歩いていると、

——ティア、止まって——！

ふいにフィヌイ様の、警戒した声が頭に響く。

声の大きさにびっくりして慌てて歩みを止めたそのとき。

ヒュッ――

僅かに風を切る甲高い音と共に、銀色の光の筋が一瞬見えたような気がした。

すぐ下を見れば、針のようなものが地面に刺さっていたのだ。

このまま進んでいたら、ティアの首には細く長い針のようなものが刺さっていただろう。

突発的な事故なんかじゃない。完全に聖女を、いやティアを狙っての攻撃だとフィヌイは確信したのだ。

フィヌイは素早くカバンから飛び出すと、ティアの前に音もなく着地する。

前かがみになり上半身を低くすると、狼の嗅覚《きゅうかく》で空気の匂いを、耳で周りの気配を慎重に探ったのだ。

ティアは一瞬、呆然としていた。

何が起きたのか理解できなかったのである。

だがほどなく我に返ると、周りを見回し、そして正面の地面に刺さっている針を、じっと見つめたのだ。

あのまま歩いていたらと思うとぞっとする。

よく見れば針の先には紫の液体が塗られているし、どう見ても毒だと簡単に想像できる。

ぞくとした寒気《さむけ》に、思わず両腕をさすする。背筋に冷たいものが走ったのだ。

間違いなく、私をめがけ放たれたものだと今さらながらに実感が湧いてくる。

──ティア、油断しないで！　この吹き矢を放った奴はまだ近くにいる──！

頭の中にフィヌイ様の声が響く。

いつの間にカバンから出ていたのか、フィヌイ様は子狼の姿でティアの正面にいたのだ。周りを警戒するように上体を低くし、いつでも飛びかかれるような体勢をとっている。

再び風を切るような甲高い音が響き──

だが、彼女を狙った吹き矢は到達する前に見えない壁に弾かれ、力なく地面へと落下する。

フィヌイ様が見えない防壁を作って守ってくれているのだとティアは直感したのだ。

それから間を置かず、１つの影が建物の死角から躍り出る。そのまま真っすぐにティアに向かってきている。手には銀色に光る刃《やいば》も握られていた。

そいつは全身黒い服を着て、布で顔は隠している。

見たのは初めてだが、どう見ても暗殺者の格好。

ティアはあまりのことに驚き、その場から動けないでいた。

この両者の横手から、ティアを守るように小さな動物が刃物を持った影に跳びかかる。暗殺者は難なく片手で払って弾き飛ばしたのだ。

「――キャンっ!!」

甲高い、子犬の悲鳴がティアの耳に聞こえる。

フィヌイ様の声だ。

そしてティアは迫りくる刃物を避けようとしたが、足がすくんで言うことを聞かない。そうしている間にも刃物は目の前に迫り。

駄目だ……このままじゃ殺される――!

ティアが目をつぶったそのときだった。


突然、刃物を持った暗殺者が強い力に弾き飛ばされ、近くの壁に激突したのだ。

フィヌイ様……?

ティアの目の前には、大きな白い狼になったフィヌイ様の姿。どうやら刃物を持った暗殺者を、フィヌイ様の白い大きな尻尾で弾き飛ばしたのだ。

壁に激突した本人は何が起きたのか理解していないようで困惑している。おそらく、見えない何かに急に弾き飛ばされたような、そういった印象しかないのだろう。

――ティア、大丈夫……?

フィヌイ様はティアの傍に近づくと、気づかわしげに鼻先を寄せてくる。

傍にいてくれると、こんな緊急時でも白いもふもふの毛並みに触れることができ、とても安心する。

——動けそう。

「はい、心配をかけてすみません」

ティアは気を取り直すとぎこちなく微笑んだ。それでも足がまだ震えてはいたが気持ちはしっかりしていた。

その様子を見て大丈夫そうだとフィヌイは判断すると、

——聞いて……詳しい話は後でするけど、今この場にティアを狙う暗殺者は2人いる。僕が足止めをするから、目で合図をしたら走って！　そこの路地を曲がって突き当たりに行ったら潜るんだ。その意味はわかるよね。

その言葉に、ティアは静かに力強く頷いたのだ。

——ユラリ
空気の流れが変わったと思ったときには、霞《かすみ》のようにいつの間にか影が姿を現していた。

フィヌイ様が言っていたもう1人の暗殺者のようだ。

仲間の無様《ぶざま》な様子に冷たい視線を送りつつも、しかし当人は困惑を隠しきれないでいた。

理由はわからないが、仲間は見えない何かに弾き飛ばされ石の壁に激突。強い衝撃のためか壁も少しへこんでいる。どうやら、こちらに得体《えたい》の知れない力があるように思い、うかつに動くことができないようだ。

ちなみに壁にぶつかった暗殺者は、足元がふらついてなかなか立ち上がれずにいる。脳震《のうしん》とうでも起こしているのかもしれない。

実際には得体の知れない力ではなく、フィヌイ様がふさふさした大きな尻尾で暗殺者を弾き飛ばしただけなのだが……

他の人には大きな白い狼の姿をしたフィヌイ様の姿は見えてはいないので、不気味に感じるのだろう。

それでも周りの空気はピリピリとしている。

周りから姿は見えないが、今のフィヌイ様にはすごい威圧感がある。

無意識にそれがわかっているのか、もう1人の暗殺者はこちらに手を出せずにいた。

フィヌイ様はふさふさの尻尾を横にゆらゆらと揺らしながら、上体を低くしていつでも跳びかかれるような姿勢をとっており、地の底に響くような低い唸《うな》り声まで上げている。どうやら、相当怒っているみたい。

だが、その頃にはティアの足の震えもやっと収まっていた。

そしてしばらくの沈黙が続いたのち、先に動いたのは暗殺者の方だった。

タンッ――

我慢比べに痺《しび》れを切らし動いたのか……一度、右手に跳んで横からティアをめがけ数本の暗《あん》器《き》を投げてくる。

キィッッ――

もちろんフィヌイ様の力によって見えない壁に弾き飛ばされたが、今のは気を逸らすためのおとりだったようで、今度はティアの後ろに飛躍しそのまま短剣を構え切りかかってきたのだ。

フィヌイ様はそんなことなどわかっていたとでも言いたげに短く鼻を鳴らすと、余裕で首を曲げ顔だけを後ろに向ける。そして、見えない衝撃波を放ったのだ。

もう1人の暗殺者もあっけなく吹き飛ばされ、近くに置いてあった樽《たる》置き場に激突したのだ。

それを見届けてからフィヌイは、ティアに目で合図を送る。

その瞬間、ティアは全速力で駆け出したのだ。

今しがた、樽に衝突した暗殺者の脇をすり抜け路地の奥へと駆け込む。

フィヌイは、苦悶《くもん》の表情で地面に転がっている暗殺者たちを見下ろすと、

――つまんないな。ぜんぜん準備体操にもならなかったよ。僕たちの力を試すためだけに送られてきたみたいだけど、引き際《ぎわ》をしっかり考えないと大怪我をするのに。でも、命があるだ

けまだましだと思ってよね。

ティア以外の人間には声が聞こえないとはわかってはいる。でも、思わず愚痴をこぼしたくなるもの。

そしてフィヌイは軽やかに身をひるがえすとティアの後を追う。

暗殺者は、この2人だけでないことはわかっている。

そいつらを差し向けてきた相手は、徐々に包囲網をディルの街の中に作り、ティアを追い詰めようとしている。

だけど自分がいる限り相手の思い通りになりはしない。フィヌイはそう思いながらティアを守るため後を追ったのだ。


——夕暮れになり、商業都市ディルの街は茜色に染まっていた。

だがこの明るさもすぐに消え、夕闇が訪れる時間となる。そうすれば、すぐに夜の闇が降りてくるのだ。

ラースはティアの姿を探し街の中を走っていた。あんな僅かな時間で、ここまで行方をくらますとは正直……甘く見ていた。自分の失態に思わず唇を噛《か》む。

あいつらよりも早くティアを見つけたいが、彼女の身の安全については、ほぼ大丈夫だと心のどこかで確信めいたものがあった。

ティアの傍には、子犬のフリをしている例の得体の知れない白い獣がいる。

あの獣——低い評価で見たとしても大きな魔力を操《あやつ》り、高度な人語も理解している。はるか北にあるという神域、大森林に精霊と共に住む聖獣か、それ以上の代物《しろもの》だとラースは見ていた。

まあ、世間で囁かれている噂では、この国の主神と共に聖女は神殿を飛び出し、旅をしていると聞く。

……だが、噂はあくまで噂にすぎない。

先入観を持ったままでは、真実を見落としてしまうこともある。報告をする以上、着実に証拠を重ねていく必要があるのだ。

それにラースにとって神の存在など半信半疑。

聖職者でもあるまいし、噂そのものを鵜呑みにするのもどうかと思い……胡散臭いと思っているのが本音だ。

実際に、この目で確かめるまでは信じることなどできはしない。

もし、本当に神だった場合は……そのとき考えればいいだけのこと。

街のざわめきを聴きながら、混み合っている市場を歩き、ティアならどう進むのかを考える。

相手は宿に大半の荷物を置き、買い物をしていたのだ。ならば、一度は泊まっている宿に戻ろうとするはずだと結論に至り。

旅人相手の宿屋がある通りは1カ所に集中し、その全てが表通りに面している。

わざわざ表通りの正面玄関から入るのではなく、狭い路地を通り裏口から入ろうと考えるはず。……迷路のように路地が入り組んでいるディルの街だが、自然とティアが通るルートは絞《しぼ》られてくる。

そう結論づけると、怪しまれない程度に小走りでラースはここから近い路地へと向かったのだ。


「くっしょん！」

——むむ！　誰かが僕の噂をしているみたいだ。

ティアはふと笑いながら、カバンから顔を出している子狼の姿をした、もふもふのフィヌイを見つめた。

きっと緊張をほぐそうとしてくれたのだろう。

「ここ少し寒いですから、風邪のひき始めかもしれませんよ？　この地下水路、地上に比べてひんやりしていますから。ついさっき、私もくしゃみが出ました」

——そうだね。ここ少し寒いね。ここを出たら温かいものでも食べよう。まあ、仮にこのくしゃみがただの噂だとしても、取るに足らないことだろうしね。

フィヌイはそう言いながら、地下水路の先を見つめたのだ。

ティアとフィヌイは、ディルの街の下に存在する、闇に覆われた地下水路の中を静かに歩いていた。

そして、今から少し前の話——

フィヌイに暗殺者の足止めをしてもらっている間、ティアは路地を真っすぐに走り抜けたのだ。

行き止まりまで来ると、フィヌイの指示に従って地面に手をかざし魔力を放出する。すると、地面に異変が起きたのだ。

大地に働きかけ、地属性の魔法を使うと、素早く地下水路へと潜り込んだのだ。

まあ、しごく簡単に言えば……地面に人ひとりが通れる穴を開け、跳び降りただけだが。

ティアとしては、本当は穴を深めに掘って、しばらくの間、身を潜《ひそ》めて隠れるつもりだったが……偶然にも地面に穴を開けたら、地下水路へ繋がってしまったのだ。

そしてティアが通り抜けると、地表は何事もなかったかのように元の形状へと戻っていく。

これと同じ要領で、自然物である岩などを通り抜けることも可能だ。

以前この方法で、アドラ・ネーシュの邸宅に侵入したことがある。地味だが、使い勝手はとてもいいとティアは重宝している。

この国の主神であるフィヌイ様は、４大元素の中で地を司《つかさど》る属性の神様に分けられる。

つまり、大地の力を使った魔力、この場合は神力とでもいうのか……？　を最も得意としているのだ。

また、聖女が使う『治癒の奇跡』も大地の癒しの力を具現化したもので、厳密には地の属性に分類される。

ティアもフィヌイ様の加護を受け、聖女の力を得たときの副産物として、飛躍的に魔力が上がり、地属性の魔法も使えるようになっていた。

そう……ベルヒテス山での地属性魔法を使い、落石を避けながら断崖絶壁《だんがいぜっぺき》を登ったり下ったりする無茶苦茶な修業は、無駄ではなかったのだ……

今となっては本当に涙なしには語れない思い出だ。

さらに鍛錬《たんれん》をすれば、高位魔法を操ることも可能になるとフィヌイ様は目を輝かせながら力説もしていた。

高位の魔法は――大地そのものを自由に操ることができる術である。

具体的には、大きな地割れを起こしたり、起伏を変え、山を創《つく》ったり、大地震を起こすこともできるそうだ。

そんな戦乱の時代でもないし、近くに人がいたら大騒ぎになると予想でき、そもそも現実的にもかなり危険なのでと……やんわりと断ろうとしたら、

――ティアは、食っちゃ寝、食っちゃ寝の箱入り聖女じゃないんだから！　危険から身を守る術《すべ》として絶対に役に立つから覚えた方がいいってば！

とフィヌイ様にごり押しされてしまい、今は地道に鍛練に励んでいる状態だ。

そして高位の治癒魔法では――相手に触れずに広範囲の治癒も可能になるらしいのだ。これに関しては本気で習得したいと思い、懸命に修業している最中である。

そんなわけで、簡単な地属性の魔法なら、今のティアの実力でも扱えるようになっていたのである。


――ティアはできるだけ静かに地下水路に降りると、念のため地面が元の通りになっているか、手で押し確かめたのだ。

天井は石造りでとても固く、完全に元通りになっているとわかり、ほっと胸を撫で下ろし。

そしてゆっくりと息を吐き、周りの状況を冷静に観察したのだ。

周りは、暗く闇に包まれている。

日の光が薄っすらと射しているところもあるが、やっぱり暗いまま。

それでもじっとしていると闇に目が慣れてきたのか、周りの光景が薄っすらと見えてきたのだ。

人為的に造られた石造りの水路に、僅かに水が流れる音。

やっぱり地下水路で間違いないようだ。

王都リオンにある水路とどことなく似ているが、ここの地下水路は長い間使われていないみたい。

周りの大半は暗闇だし、埃《ほこり》っぽくって石畳も所々で欠けている。おまけに少し姿勢を変えれば蜘蛛《くも》の巣にも引っかかり、気分が落ち込んでしまう。

それでも、この地下水路は思っていたよりも広い空間のようで、ちょっとした洞窟《どうくつ》ぐらいの広さがある。

これは雨水だろうか……？　細く水が流れる音がする。

あまり快適な空間ではないが、ここならしばらくの間、身を潜めることもできるはずだ。ティアはちょっとだけ安心したのだ。

上の地面ではティアが地下水路に潜ってすぐに、せわしなくバタバタと複数の足音が聞こえていた。もしかしたら私を探しているのかもしれないと、途端に緊張してしまう。

これでは明かりをつけるのは止めた方がいいかもしれない。

そういえば、フィヌイ様は大丈夫だろうか……

無事なのは間違いないが、ちゃんと合流できるといいんだけど——そんなことを考えていると、急に肩掛けカバンにずしりとした重さを感じたのだ。

急にもぞもぞとカバンの中で何かが動いたかと思えば、ひょっこりと隙間から顔を出す、白っぽい動物の姿。

おまけに、２つの目が金色に輝き、キラリとこちらを見つめたのだ。

「——っ⁉」

唐突な出来事にびっくりして悲鳴を上げそうになったが、すんでのところで口を押さえる。

——やあ、お待たせ……！　ティア、もしかして僕のこと呼んだ？

ティアは暗闇に少し目が慣れたとはいえ、周りがあまりよく見えていない。確認のため、片手でおそるおそるゆっくりと撫でてみると。

「……！」

この良質なもふもふで幸せな触り心地。毛の柔らかさ、これはフィヌイ様に間違いない！

その正体はやはりというべきか、子狼姿のフィヌイ様がいつものカバンから顔を出しただけだった。

「あの～本当にびっくりしたので……寿命が縮むような登場の仕方は、今度から止めてください……」

ティアは安心して半分泣きそうになっていた。

――あれ？　ひょっとして、びっくりした……

「当たり前です。こんなに、急に現れるんですから」

――ティアは神様の僕と正式に契約をしているから、瞬時にティアの元に駆けつけることも可能なんだよ。話してなかったっけ？

「初めて聞きました……」

――それじゃ、覚えておいてね。

そう言うと子狼姿のフィヌイは、可愛らしい耳をぴくぴく動かしたのだ。

フィヌイは、カバンからめいっぱいに顔を出すと、黒い鼻をひくひくさせ、空気の匂いを嗅ぐ仕草をする。

――ふ～ん、ここははるか昔に繁栄した都市国家ベルンの古代遺跡の中みたいだね。

「古代遺跡……？　この地下水路のことですか」

――うん、そうだよ。

フィヌイ様の話によると、商業都市ディルの街ができるずっと昔――

この大陸には、古代の都市国家ベルンが、それはそれは栄華《えいが》を極《きわ》めていたそうだ。この場所は地方都市のひとつで、貿易の中継地として栄えていたそうで。

だが、ベルンの繁栄は東方からの遊牧民の侵略により終わりを告げる。

この地も跡形もなく破壊され、その上にまったく新しい街が造られたのだ。

だがその遊牧民たちも、やがて西の大国の侵攻によりはるか東へと追いやられる。代わりにこの地には西の民族が移り住み、商業都市ディルの街の基礎が出来上がり今に至るそうだ。

──人間って忙しいよね。気がついたら、あっという間に1つの国が滅びているんだから。もっと落ち着いて暮らせばいいのに。

「う～ん。私にはよくわからないですけど、それでも懸命に生きたんでしょうね」

人は完全な生き物ではない。間違いや愚《おろ》かな選択をすることもある。ティアは人間で、寿命も短いしよくわからないが、神様の視点からはそう見えるのかもしれない。

「つまりここは、古代の都市国家ベルンの人々が使っていた地下水路。その遺跡なんですね」

──うん、そうだよ。今でも、ディルの街の地面を懸命にほりほりすれば、当時の遺跡の欠片《かけら》とか出てくるんじゃないかな。でも、ここまで原形を留めているのも珍しいよ。いずれにしろこの地下水路、僕の記憶では確か迷路のようになっているはずだ。まあ、それでも街の外にある上流の水源地にも繋がっているはずだから、このまま進もうと思うんだけど、どうかな？

「そうですね。上はなんか騒がしいし、街の中は……今、出歩いたらとてつもなく危険ですし、このまま上流の水源地を目指しましょう」

こうしてフィヌイとティアは、上流にある水源地を目指し歩き始めたのだ。

だがしばらく進むと、フィヌイは僅かに毛を逆立てるとカバンから跳び出し、音もなく前方に着地をする。

――ティア、前から複数の人の気配がする――！　しばらくそこの柱の陰に隠れていて！

ティアにはまったくわからなかったが、いち早くフィヌイは察知できたのだろう。

ティアは頷き柱の陰に隠れると、子狼姿のフィヌイは闇の向こうへと、すたすたと歩いて消えていったのだ。

私を探している暗殺者なのだろうか？

とても気にはなったが、ティアは言われた通りに柱の陰にじっと身を潜めることにする。

だが、ふと何かの気配を感じ後ろを振り向こうとしたそのとき――

「――！」

突然後ろから、ティアは口を塞《ふさ》がれたのだ。

ティアのすぐ傍にいたのは、背の高い男だ――

いつの間に後ろを取られていたのか、完全に油断していた。

ティアは片手で口を塞がれ……腰回りも、もう片方の腕を回され固定され、身動きが取れなくなっている。

だが、諦めてなどいない。

誰が、おめおめと殺されてやるものかっ！

こんなところで私の人生終わってなるものか——と反撃の機会を密かに窺っていた。

そう、隙あらば——膝とかどこでもいいが、急所に一撃食らわし、逃げ出そうと考えていたのだ。

「ふ〜ん、やっぱりそうだったか。ティアお前が聖女だったわけか……」

決して大きな声ではないが、よく響く若い男の声。

ティアの口を片手で塞いでいる張本人。気がつけば、男の黒い瞳がティアの顔を至近距離から覗き込んでいた。

鼻の先がつきそうなほどに顔が近い。端正な顔立ちなので、その辺の女子なら、頬を赤らめときめいていたかもしれないが……ティアはまったくときめかない。

その声には聞き覚えがある。

ティアは青い瞳で、相手の顔を思いっきり睨みつけてやったのだ。

――ラース。

ティアのことを聖女だと気がつき、探し回っていた男だ。

「もごっ、ふごふごふごふごふごっ――！」

何やってるのよ！　その手を放しなさい――！　と言ったつもりだったが、悲しいことにふごふごとしか声になっていない。

だがラースはティアの言っていることを察したのか、口を塞いでいた手をあっさりとどけると、腰に回していた腕も外したのだ。

「ガキを相手に手荒なことをするつもりはないし、俺はそこまで落ちぶれてもいないぞ」

「それじゃ、ここに何しに来たわけ？」

「今は、お前を探し警告しに来ただけだ。ティア、悪いことは言わない！　聖女の資格を今すぐに返すんだ。そうでなければこれから先、厄介ごとに巻き込まれ、平穏無事な人生は送れなくなるぞ！」

「ラース、あんた……私を殺しに来た暗殺者じゃないの……？」
2、3歩距離を取り、ラースから離れるとティアはあっけに取られたのだ。
どうやら、こいつは私の敵というわけではなさそうだ。もちろん味方と判断するのも早いが……

ラースは呆《あき》れたような顔をすると眉《まゆ》を少し上げ、

「何言ってるんだ、お前……？　暗殺者っていうのは、そこに転がっている黒ずくめの連中のことか？」

ラースが顎《あご》で示した先には――ティアの後方、暗がりの水路には暗殺者とおぼしき複数の人影が倒れていたのだ。

「まさか、自分たちの後ろから奇襲をかけられるとは思ってもみなかったんだろうよ。運よく裏をかくこともできたし俺としては楽勝だったな。ちなみに、こいつらを尾行《びこう》してきたからお前を見つけることができた。道案内ご苦労さんってとこだ」

「あんた、いつの間に……」

「正面から来る連中を主力と見せかけて、後ろから挟み撃ちにする予定だったみたいだな。正面の主力は、今は姿が見えない『白い獣』が全滅させたようだし……後方は俺が潰したからな。それでも、奴らはまだ本気じゃないようだ」

ティアは眉根を寄せると、疑問に思っていたことを口にする。

「あんた、こいつらが何者なのか知っているの？」

ラースは苦笑すると、静かに頷いたのだ。

「半分は知っている。だがそれも、推測の範囲内だ――まだ、わからないと言った方が正確な表現だろうな」

「どういうこと……？」

ティアは眉をひそめると、胡散臭そうにラースを見つめたのだ。

こいつは、ラースはため息を吐くと、

「お前の場合ここで説明するよりも、直接見た方が手っ取り早いだろうな……まあ、ついてこい」

ラースは背を向け歩き出すと、ティアを促したのだ。少し迷ったが……ティアは意を決して黙ってついていくことにする。

暗い地下水路をラースがやってきた方角へと進み、そしてほどなく足を止める。そこには、先ほど彼が倒したとおぼしき暗殺者たちの姿があったのだ。

相手は地面に倒れてはいるが、息はあるみたい。気絶しているだけだとわかり、ティアはほっと安心する。やっぱり、いくら敵でも死んでいる姿はできれば見たくはないものだ。

ラースは慣れた様子で気絶している暗殺者の1人を足でひっくり返すと、ティアにわかるように肩のところを指差す。

左腕の肩に近い服のところが、刃のような鋭いもので切られていた。その隙間から刺青《いれずみ》のようなものが見える。翼《つばさ》を広げた黒い蛇《へび》が、自らの尾を食らっている絵を簡略化したような模様。

「これは、『ウロボロス』という暗殺集団に属しているという証だ。構成員は皆この刺青を刻んでいる……」

「初めて聞いたわ……」

ラースは肩をすくめると、

「そりゃそうだ。まっとうに、表世界で生きている人間には知られていないからな。裏の世界に精通している者でなければ聞かない名前だ。奴らのターゲットは一般人ではなく、上流階級の要人だ。その中に王族などが含まれることもあるがな。つまり、主に特権階級の人間をターゲットに暗殺を請《う》ける集団――それがウロボロス。構成員の大半は、今は廃れた魔法が使え、暗殺に特化した攻撃魔法の使い手も多くいる。しかも、さり気なく事故死に見せかけてな」

「……そいつらが、私の命を狙っているの」

「ああ、そして依頼主も存在する。お前が聖女だと都合が悪いと考える連中がな……」

ティアは息を呑み、しばらくじっとラースの話に耳を傾けていたがやがて口を開いたのだ。

「それでも私は、聖女であることを放棄《ほうき》はしない。初めは成り行きだったけど、フィヌイ様が選んだことにはきっと意味がある。辞めるときは、自分のできることを全てやりきった後と決めているの」

「ああ、そうかよ……」

ラースが勝手にしろとばかりに呟いたそのときだった。

――ティア、偉い――!! さすが僕が直接、選んだだけのことはあるね。これからは心おきなく、聖女としての修業もビシバシできるね！

聞いたことのあるいつもの声が頭に響いた。足元を見れば、見た目もふもふの愛くるしい白い子犬がいつの間にかお座りをしていたのだ。

青い目を輝かせ、嬉しそうに尻尾もフリフリしている。

「フィヌイ様……」

せっかくシリアスなことを言ったのに、この様子ではフィヌイ様の修業がさらに厳しくなる。そんな予感が、頭をよぎり、ティアは思わず苦笑いをしたのだ。

「あの～　フィヌイ様、いつからそこにいたんですか？」

――う～ん……少し前からかな。

ちらっとラースの顔を見ると、すぐに顔を背けティアへと視線を向ける。

――複数の殺気を放っていた連中が、後ろからも近づいていたのは気づいてたんだけど、後ろの連中はとりあえずこいつに任せてみたんだ。まあまあの腕前のようだし、少しは時間稼ぎになったみたいだね。

「時間稼ぎって……襲撃はとりあえず今日のところは終わりじゃないんですか!?」

――うん、そうなんだよ。あの暗殺者の集団、結構人員をこの街に投入しているみたいでね。ディルの街に大勢の気配を感じるんだ。

ふさふさな尻尾をふりふり、お気楽な口調で緊張感がないことを言う。

「それじゃ、これから一体どうしたら……なんとか、ここから脱出しないといけないのに……」

――ふふふ……えっへん！　だからここに来たんだよ。ティアも初めてにしてはよく頑張ったからここからは僕に任せて！　あっという間に片付けてみせるからね！

子狼の姿だが、フィヌイ様は自信に満ちあふれた顔をしていた。

だが、そんな会話の空気を打ち破ったのは――

「おい……ちょっと待て！　お前、その犬っころとなに話しているんだ？」

ラースの待ったの声がかかり。

いけない！　――こいつの存在をすっかり忘れていた。

ティアはちらっとフィヌイ様に視線でお伺いを立ててみる。仕方ないなあ～　と、フィヌイ様が頷き承諾《しょうだく》してくれたのを確認する。そして、改まってコホンと咳をすると、

「ラース――隠しても意味はないし本当のことを言うけど……絶対に他の人には言わないで。こちらは、我が国の主神フィヌイ様。くれぐれも失礼がないようにしてね」

当のフィヌイ様は、子狼の姿でちょこんとお座りをしてくれぐれも敬《うやま》うんだぞという感じの

どや顔をしていたのだ。

「は……？　なんだって、俺の聞き間違いか？　もう、1回言ってみろ」

「だから、この方は主神のフィヌイ様なの！　と〜っても偉くて尊い神様なのよ！」

「こいつが……？　まったく威厳のない間抜け顔だぞ。かなり盛ったとしても聖獣か幻獣《げんじゅう》の類《たぐい》がせいぜいだろ。なんかの間違いだ」

ラースは神様ではないとばっさり切り捨てると、失礼にも子狼姿の神様を指差したのだ。

フィヌイ様は明らかにみるみる不機嫌な顔になり……普段の愛らしい丸い目から、ラースのことを逆三角形の怒った目で見ていたのだ。

「何言ってるの。間違いなく神様だって！」

ラースは憐《あわ》れみの目を向けると、ぽんぽんとティアの肩を軽く叩く。

「わかったから。ティア……お前、単純だから騙されているんじゃないのか？」

「いや……本当にそうじゃないんだって……」

噛み合わない、不毛な言い争いに終止符を打ったのは、

——ティア！　こんなバカの相手なんかもうしなくてもいいよ！　それよりも早くここを脱出するよ。耳を塞いで、これから、大規模な魔法を使うからね！

フィヌイ様の声が頭に響き。その声は完全に、ぷんすかと怒っていたのだ。

「フィヌイ様……！　ど、どうか落ち着いてください！　こいつの無礼《ぶれい》は私が謝りますから」

――ティアが謝る必要なんてないよ……こいつが悪いんだから！

見ればフィヌイ様は、頬を小さく膨らませぷりぷりと怒っている。どうやらご機嫌斜めになってしまったようで。

不用意にフィヌイ様の名前を口に出すんじゃなかった。こんなややこしい事態に陥るなんて、私のバカバカと、ティアは頭を抱えてその場にしゃがみ込みたい気分になるが。

どうやらラースは、聖女の存在は認めてはいるが、神の存在など信じていないタイプの人間のようだ。

ティアとしては下働きとはいえ神殿での生活が長く、出身の孤児院も神殿が運営していたのでみんなが信心深く、それが当たり前だと思っていた。だから、てっきり聖女と神様はセットで一般にも認知されていると思っていたのだ。

しかし、現実はそうではなかった。

よくよく考えれば、神様の声を聴くことができるのは基本、聖女だけだ。たまに神様の真の姿を見たり、神託を受ける者もいるが嘘や幻覚、幻聴がほとんど。

ごく稀に……真実が混ざっていることもあるようだが……

見たことのない存在を信じることができない者は――この世の中、決して珍しくはない。

でも、ここで今さらフィヌイ様の存在を否定するのもおかしいし、どうしたらいいのやら……

しかし、いくら考えてもいい解決策は見つからない。

もう今はこの問題はそのまま棚上げし、一切触れないことにしよう。とりあえずは話を進めることだけに集中しようとティアは思ったのだ。

「わかりました。その件についてはもういいです。ただ、ひとつ教えてください。今から脱出をするためにフィヌイ様が行動を起こしてくれるのはわかりますが、どのようなことをするのか教えてもらえますか？」

──え～、説明するのめんどくさい。

「お願いします!!」

ティアの有無を言わせぬ勢いに、フィヌイは渋々説明をする。

──今から行うのは、広範囲に影響を及ぼす特殊な魔法なんだ。大地に広がる磁場《じば》のエネルギー、つまり魔力をかき乱すもので、普通は目には見えない。普通の人間に影響はないし、範囲の指定も商業都市ディルぐらいに限定するよ。効果としては魔力を操る人間にとっては大ダメージになる。

「具体的には？」

──う～ん、そうだね……。中枢《ちゅうすう》神経に影響を与えるから、２日か３日ぐらいはまともに歩けなくなって、寝たっきりになる。魔力を操る人間は魔力の流れにも敏感だから、これをやると簡単に平衡《へいこう》感覚を失ってしまうんだ。

「ええと……つまりは、目がぐるぐる回ってまともに起き上がれないってことですか？」

――簡単に言えばそんなところ。だから命には別状ないよ。

なるほど、話が見えてきた。

……先ほどのラースの話では、ウロボロスの構成員は魔力を扱えるものが多く、フィヌイ様の攻撃でディルの街にいる暗殺者のほとんどは戦闘不能になる。

もし他に無事な構成員がいたとしても、命令系統がおかしくなり統制が取れなくなるだろう。

その隙に、商業都市ディルを脱出すればいいわけか。

だが、ふとティアはあることが気になったのだ。

「ん？　あの～ラースは大丈夫なんですよね」

――こいつのこと？　その辺の地下水路で2日ぐらいは転がっているんじゃないの。

やっぱり、こいつも攻撃魔法が使えるのか……いや、さすがにその辺に転がしておくのは可哀そうだし……

ティアはため息を吐くと、

「ラース。フィヌイ様が今から強力な広範囲魔法を使うから、耳を塞いで。説明は後でするから」

「ああ、わかった……」

ちょっと戸惑ってはいたがラースは素直に言うことを聞き、耳を塞いだのだ。

――ティアったら、こいつに教えたらダメだよ！

「いくら命に別状がなくても……ウロボロスの暗殺者を何人か倒しているし、転がっている間に他の構成員に殺されてしまったらさすがに……」

――そんなことで、簡単にこいつは死んだりしないよ！　もう、ティアは人がいいんだから。

少しの間フィヌイ様は、頬を膨らませぶつぶつと愚痴っていた。でも渋々だが納得はしてくれたようだ。

そして、フィヌイ様は呼吸を整え座り直すと――背筋をぴんと伸ばし。その途端、子狼の姿だが威厳のある雰囲気へと変わる。

ティアも耳をしっかり塞いだ、その直後だった。

顔を上へと向けると狼の遠吠《とおぼ》えのような姿で鳴き始め。

『ワォオオオォオオォオオンン――』

声は聞こえないのに、周りの大気がピリピリと摩擦《まさつ》を起こしているのがわかる。静電気の光のようなものもあちらこちらで見えている。

しばらくそうやって耳を塞いでいたが、ふと気がついたときにはフィヌイ様がいつもの愛らしい顔でこちらを見ていたのだ。

ティアは、耳を塞いでいた両手を静かに下ろし。

この国の主神であるフィヌイ様の力の大きさの一端を、初めて垣間見《かいま》たようなそんな気分だった。

それからティアたちは地上に出ると、その日のうちにディルの街を脱出したのである。

◆◇◆◇◆

あれから数日後――

商業都市ディルから村5つほど先にある街道を、ティアたちは東へと向かい歩いていた。

ティアたちがディルの街を脱出した直後は、見た限りでは街は平穏そのもの。特に目立った様子は見られなかった。

だが、数日経った昨日。街道沿いの村の宿屋で食事をしていたときのこと。こんな話が聞こえてきたのだ。

数日前、商業都市ディルの市街地で突然、道端に倒れる人が相次ぎ、一時街は騒然となったという。

原因不明の症状で、一時は流行《はや》り病ではないかとの噂も流れたが、患者たちは2日、3日で何事もなく回復したのだ。

結局、その日は日差しが強かったことに加え、夕方には急激に気温が下がったこと。また倒れたのはよそ者が多く、熱中症の一種ではないかということで話は落ち着いたのだ。

その話をたまたま聞いたとき、ティアはちょうどハンバーグの付け合わせの人参《にんじん》ソテーとアスパラをナイフで切り分けていたが、そのままピキッと動きを止め、固まってしまったのだ。

気がつけば顔もすごく引きつっている。

だがその現象を引き起こした張本人であるフィヌイ様はというと、素知《そし》らぬ顔で少し温めてもらった蜂蜜入りのミルクをぺちぺちと子犬のフリをして美味しそうに飲んでいた。

そして、ラースもなかなかのもので、何も知らない旅人のフリをして話に加わり、あれこれと街の状況を聞いて探りを入れていたのだ。

この2人(?)は、なんて度胸《どきょう》が据わっているのかと、思わず唖然と見つめていたのだが……

そう思ったのもつかの間。まだ一口も食べていないチーズソースがたっぷりかかった、熱々《あつあつ》のハンバーグをラースに横から全部取られたのだ。

ティアは猛然と抗議したが、いらないと思ったから食ってやったんだとこの男はしれっと言ってのけたのだ。

くそ〜、こいつこの間のこと、まだ根に持っているのかと、ティアは悔しさを隠しきれないでいた。

8章　旅にはお供がついてくる

昨日はラースの邪魔が入り、ハンバーグを1つ食べ損なった悲劇の夕食となってしまったが。

まあ、そんなことも確かにあったが……心の広い私は、そんなことなど気にしてはいない。

今のところフィヌイ様からの神託もないまま、ティアはそのまま東へと向かい歩いている。

今のフィヌイ様は、いつもの子狼の姿をして肩掛けカバンから顔を出し、ぷう～とむくれていた。

——もう、あのまま地下水路の中に転がしておけばよかったのに！　あいつまだ、ついてきてるよ。

あいつとは、もちろんラースのことである。

ティアたちの後をつかず離れず、後ろからこの男はついてくるのだ。これは、無視しようにも気になって仕方がない。

ティアはため息を吐き、ラースと話をするべく声をかけようとしたそのときだった。

「ずいぶんと探しました。ようやく見つけましたよ、ティア様」

「げぇ！」

そこには、見覚えのある神官服。その上から旅装を羽織った男が立っていたのだ。

ティアにとって、まったく嬉しくない再会だったのである。


「ネーテンさん……」

そこには、張りつけたような笑顔を浮かべている20代後半ぐらいの男性の姿があった。

ティアが王都の神殿で下働きとして働いていた頃に神殿にいた神官の1人で、主に下働きとして働く者たちの管理を行っていた人だ。

ティアの顔を知っている人物でもある。

ただの顔見知りだが、ティアは話すらしたくもなかった。なぜなら、前聖女であるアリア様のご機嫌取りをし、取り巻きをやっていた人だから。

「今さら、神殿の方が私になんの用でしょうか？　もう、私は神殿とはなんの関係もないはずです。そこを通してもらえますか！」

不信感に満ちた冷めた目をネーテンへと向ける。アリア様のご機嫌取りを優先して、私を追い出しておきながら今さらなんの用があるというのだ。

はっきり言って、こんな人たちとは一切関わり合いになりたくない！　大きなストレスだ。

冷たい反応に、ネーテンは顔色を変えると慌ててティアの目の前で土下座をする。

「どうかお待ちください、ティア様！　……貴女様が神殿を出ていかれた後、我が国の主神であるフィヌイ様の気配が消え失せてしまったのです。同時にアリアの聖女としての力も消え、神官長はフィヌイ様が貴女様を新たな聖女に選び、共に神殿を出ていかれたとお考えです」

「そうですか……」

ティアは特に気に留める様子もなく、冷めたような相槌を打つ。

幸いにもこの道は、旅人には人気のない裏街道にあたり、ティアたち以外に人の姿はない。

「我々は間違っていました！　貴女様を神殿から追い出したこと心から反省しています。神官長もこういう事態を引き起こし止めることができなかったこと、とても悔やんでおられるのです。アリアの奴はもう神殿にはいません。どうかティア様お願いです。我らが主神フィヌイ様と共に神殿にお戻りください！」

なりふり構わずといったところか、ネーテンは地面に頭をこすりつけるようにして謝罪をしてきたのだ。

ティアは小さくため息を吐くと。

自分でも驚くほど冷静な視点で物事を見ることができていた。

初めは怒りのあまり、胃がきりきり痛み胃酸が逆流するかと思ったが、ネーテンの話を聞いているうちに頭が冷えてくる。

今まで前聖女のアリア様を、チヤホヤしてさんざん煽《おだ》ててきたくせに、用がなくなればこんなにもあっさりと手のひらを返す。

アリア様は聖女だとチヤホヤされ煽てられていたが、結局はこの人たちに踊《おど》らされていただけなのではないかと……？

なんとなくだが、フィヌイ様が彼女から聖女の資格を剥奪した本当の理由がわかったような気がした。

ただ彼女の行いに怒ったからではなく、神殿にいれば、彼女はどんどん腐《くさ》りダメになっていくとそう思ったのではないだろうか。彼女を思いやるフィヌイ様なりの優しさなのだと。

今のフィヌイ様は大きな白い狼の姿で、ティアを守るようにすぐ傍に立っていた。

この姿は、ティア以外には誰にも見ることができない。神殿の人には子狼の姿すら見せたくないのかもしれない。

「ネーテンさん、私は神殿には二度と戻るつもりはありませんよ。あそこは私の居場所ではないからです。我らが主神であるフィヌイ様も同じ考えだと言っています。フィヌイ様の恩恵《おんけい》は平等に与えられるもので、旅をしていても人々に授《さず》けることができます。聖女は必ずしも神殿にいる必要はないんです」

「我々を見捨てるのですか……それでは、この国での神殿の威信は消え、民衆は混乱してしまいます！」

ネーテンは顔色がみるみる青くなり取り乱していた。

「くくっ……ははははっ、なかなか面白いことを言うな、ティア！　見ていて爽快《そうかい》な気分になったぞ。確かに困るのは民衆ではなく、お前たちだけだろうな？」

それまで少し離れたところで黙って話を聞いていたラースが、突然笑い出したのだ。

その顔には、明らかに皮肉の笑みが浮かんでいる。

「なんでも最近では、神殿に信者からの寄付金が集まらなくって運営そのものが大変なんだろ。しかも王都にある神殿で祈りを捧げると、不幸になるっていう噂まで立っている。正直、笑えるよな……本音は、どうせ聖女であるティアを連れ戻して、上の神官連中が以前のように贅沢をしたいだけだろ」

「うっ……！　なんという罰当たりな暴言だ！　どこの誰かは知らんが、間もなく貴様《きさま》には神の天罰が下るぞ‼」

ラースのずばりと核心《かくしん》を突いた発言に、ネーテンは頭の血管が切れるのではないかというくらい顔を真っ赤にすると、今度は彼に食ってかかっていた。

本当に忙しい人だと……ティアはなんとなく眺めていた。

あんなにもムキになって怒っているところを見ると、どうやら図星《ずぼし》のようだ。

「あ～はいはい、そうですか～」

ラースは適当にあしらいながら、キャンキャンうるさい奴だとでも言いたげな嫌そうな顔をしている。

一通り叫んではみたが、この男には何を言っても無駄だと悟《さと》ったのか、ネーテンは今度はくるりとティアに向き直り、

「ティア様、神殿に戻れば第二王子ルシアス様との婚約の儀《ぎ》も執り行わなければなりません。ですから、どうか神殿にお戻りください」

「はぁ……」

ネーテンさんは、また訳のわからないことを言っている。

神殿の聖女は、王族と婚姻《こんいん》関係を結ぶことが決められているのは知っている。

つまり第二王子が、聖女でなくなったアリア様に婚約破棄《はき》を突きつけたことを暗に意味していた。

どうやら、ネーテンはこの話を持ち出せば、私が玉の輿《こし》だと喜んで神殿に戻る気になってくれると思ったようだがそれは大きな間違いだ。

第二王子ルシアスは、顔はいいが性格には問題がある人物だ。

よくない噂をいろいろと聞いてはいたが……ティアはその一端を何度も目撃したことがある。

まだアリア様が聖女だった頃、ルシアスと彼女は婚約をしていた。

そんなルシアスは婚約者がいるにもかかわらず、他の令嬢たちとどこからどう見ても恋人のように近距離でイチャイチャしていた。そんなところを、ティアは偶然にも買い出し中に、何度も街中で目撃していた。

ルシアスは1人の女性を大切に扱い、一生をかけて愛することのできる人ではない。とっかえひっかえ女を替えるクズ男だ。そんな人と一緒になって地位があるとはいえ幸せになれるのだろうかとティアは疑問に思っていた。

アリア様はなぜ、そんなクズ男に一途に恋をしていたのか理解に苦しむ。

ティアとしては、第二王子ルシアスとの婚約なんぞしたくもないという理由もあり、逃亡していたのだ。

地味顔で孤児院育ちだとしても相手を選ぶ権利ぐらいこちらにもあるというもの。

ハッキリ言って、第二王子との婚約なんてこちらからお断りだ！

「あの～、そろそろ帰ってもらえませんか……」

ティアは興味がないとばかりにバッサリと切り捨て、冷たく言い放ったのだ。

フィヌイはティアの対応に、傍らで耳をぴんと立て満足そうにうんうんと頷き、ラースは腹を抱えて、必死で笑いを堪えていた。

「お前って本当に面白い奴だよな。神殿の奴らをここまでコケにするとは、笑いが止まらね……クックク」

とか言いながら、ラースはお腹をひくひくさせ目には涙を浮かべて笑っている。

こいつ、相変わらず失礼な奴だな――！

私は神殿のことを、いくらなんでもコケになんてしていないぞ。ただ、思ったことを口にしただけで……

お前がそんなこと言ったらネーテンさんが誤解するだろ――とティアは思ったが……

正面のネーテンを見れば、力なく膝と両手を地面につけ肩を落とし、ひどく落ち込んでいた。

「あっ……」

どうしよう……なんか傷ついているみたい。

ティアが1人であたふたとしていると、ネーテンはむっくと無言で立ち上がり。

「穏便《おんびん》に進めるつもりでしたが、仕方ありません！　ティア様には、強制的に神殿に戻ってもらいます」

ネーテンは、懐から布に包まれた小石ほどの球体を取り出すと、勢いよくティアの足元の地面めがけ投げつけたのだ。

その瞬間、痺れと眠気を誘う白い煙が辺りへと広がる。

「しま……油断し……た……！」

ラースの驚きの声が、辺りに響き。

ティアとしても、まさかこんな方法を使うとは思ってもいなかったので完全に油断していたのだ。

煙を吸い込んだ途端、身体の感覚がマヒし意識が遠くなっていく。起きなければいけないのに、いつの間にかうつらうつらと眠くなっていったのだ。

微睡の中、修道女のローブに何かが触れたと思ったその瞬間――！

シュウッ――!!

強烈な突風がティアのすぐ横をかすめる。

「……？」

何か重たいものが、吹き飛ばされ落下する音。複数の人間の驚愕《きょうがく》や混乱の声、悲鳴のようなものまで聞こえる。

ガルルルッ――！

獣の唸り声？　いやこれはフィヌイ様の声か……とにかくいろんな声や騒音が、うつらうつらと微睡の中で聞こえていたのだ。

そして……いつの間にか騒ぎも収まり、やっと眠気も取れティアは立ったままゆっくりと目を開けてみると。

そこには大きな白い狼の姿で、何事もなかったように前足を舐めてお手入れをしているフィヌイ様の姿。

相変わらず、大きなフィヌイ様も凛々《りり》しくって可愛いなあと思っていると。

ティアが目覚めたのに気がついたのか、尻尾を振りながら、

——目が覚めたんだね。とりあえず、ティアを連れ去ろうとした奴ら全部片付けておいたよ。

「へ？」

なんか無邪気なことを言っている。

フィヌイ様の言葉に振り向くとそこには、10人以上の人間が道の端にある草地に倒れていたのだ。

しかも、苦痛のうめき声を上げているし……

よく見れば、ネーテンさんの他にも神殿の関係者とおぼしき人たちが草地に転がっている。

「いつの間に、こんなにたくさんの人が……」

「そこの草地や木の陰に隠れていたんだろうよ。ずっと前から気配がしてたからな……」

その問いに答えたのはラースだった。なぜか彼もボロっとしており、いくつものすり傷を負

っていた。

「お前がおとなしくついてくればそれでよし。そうでなければそこに転がっている神官の合図で、お前を王都の神殿まで連れ去る予定だったんじゃないのか？」

ラースが指差す先に視線を向ければ、少し離れたところに黒い馬車が待機していた。

だが、ティアたちの視線に気づくと馬車は一目散に逃げていく。どうやら仲間をあっさりと見捨てて逃げたようだ……

「それよりも、ティア！　どうせまた、あの犬っころの仕業なんだろ……！」

「え～と、なんて言うか……アハハハ……」

ラースの追及にティアは目を泳がせ、曖昧に力なく笑うしかなかった。

おそらくフィヌイ様が大きな狼の姿で、尻尾で叩く、前足で払う、頭突《ずつ》きなどをして少し暴れたのだろう。

手加減はしてくれたみたいなので全員、命に別状はなさそうだが……複雑骨折やあばらが何本も折れていたりと、かなり痛そうではある。

「おい、あの犬っころ……どさくさに紛れて俺にも攻撃を仕掛けてきたんだぞ！　なんとかしろよ。お前、飼い主だろ！」

——あ～あ、どさくさに紛れてボコボコにしてやろうと思ったのにあてが外れちゃった。こいつって思ったより勘がいいんだね。

フィヌイ様を見れば、今度は残念な表情でお座りしてしれっと毛づくろいを始めている。

ラースの苦情にティアは苦笑いを浮かべ、なんとか落ち着くように彼を宥めたのだ。

怒っているラースをなんとか、どうどうと宥めるとティアはどっと疲れが出てしまう。

問題が解決するどころか、なんかさらにややこしい事態に陥っているような気がする……

当のフィヌイ様は、大きな狼の姿で気持ちよさそうに伸びをして、一仕事終えたような顔で伏せしてくつろいでいた。

さらに草地を見れば、フィヌイ様から適度にボコられた人たちも転がっているし。

この惨状を見てティアは思わずため息が出てしまう。

さすがにこのまま見なかったことにして、……素通りするわけにもいかないし、すぐに治療へと取りかかったのだ。


「どうして……我々を助けてくださるのですか？」

ようやく最後の1人を治療し終えた頃を見はからい、おずおずとネーテンは尋ねてきたのだ。

今までの張りついたような笑顔は消え、戸惑った表情を浮かべている。

何を今さらとティアは呆れたような顔をすると、

「そんなの決まっているじゃないですか……このまま放ってはおけないでしょ。私に、あなたたちを無視したまま旅を続けろと？」

「俺は別に、無視したまま先に進んでもよかったんだぜ。第一面倒だし、あいつだってそう思っているんじゃないのか？」

——うんうん、今回に限ってはこいつの言う通り。治療なんて魔力の無駄遣いでもったいないってば！

外野からの声が、いろいろ聞こえてくるが……

なぜ、こういうときに限ってラースとフィヌイ様は気が合うのか。ティアはぴくぴくと顔が引きつってしまう。

「それに、もしこのまま放っておいたら、あなたたちがどうなったか心配で、私としては安心して夜眠ることもできませんから」

「お前……そんなに繊細《せんさい》な神経の持ち主じゃないだろ……」

またもや、失礼なことを抜かすラースの呟きはこの際、聞かなかったことにする。

「とにかく、このまま放っておいても目覚めが悪くなるので、勝手に治療させていただきました！」

「我々を赦《ゆる》すと言うのですか……貴女が神殿で下働きをしていた頃。アリアからひどい扱いを受けていたのに、見て見ぬふりをするどころか、アリアの味方をして助けもしなかった我々を……」

「それは……まあ、そうですね。許す許さないは別として、私はあなたたちがそこまでひどい状態になることを望んではいませんから。そりゃあ、今でも昔のことを考えると正直、頭にはきますよ。でもそんなことより、どうしたらここから先、私が幸せな人生を歩めるかを考えた方が断然いいし、あなたたちに仕返しをすることを考える方が、時間の無駄遣いですから。私としては、あなたたちが聖職者として本当に人々を導いてくれることを心から望んでいます」

ネーテンは、はっとしたように目を見開くと静かに顔を伏せる。

「それともうわかっているとは思いますが、私に危害を加えようとすると主神であるフィヌイ様の加護が発動します。今のように大怪我をすることになるので、今後は十分気をつけてください。あと王都の神殿についてですが……聖女や主神が神殿にいなくとも、あなたたちが本当に民のためを想い、心を尽くせばまた神殿には人が戻ってきますよ。私はこのままフィヌイ様の神託のままに旅を続けますので、どうかご理解ください」

そう言うと、ティアはぺこりっと頭を下げたのだ。

「……わかりました。そのお言葉、我ら深く心に刻んでおきます」

ネーテンはそれだけを言うと、深く……本当に深く、他の神殿の関係者たちと頭を下げる。

そして、彼らは王都の神殿に向かい旅立っていったのだ。


ティアはようやくひと段落し、今度こそほっと息を吐くが、

「ようやく、帰ったなあいつら……」

この男の言葉で、もう1人厄介な奴が残っていたのを思い出したのだ。

「……あんたこそ、いつまで私たちについてくるの？」

「さて、なんのことだか？」

心底、迷惑そうなティアの問いかけに、ラースはすっとぼける。

「とぼけないで！　私たちが行くところ、つかず離れずついてくるじゃないの。いい加減、気になって仕方がないのよ！」

「あぁ、バレてたのか？」

「あんたね……。宿屋で、人のおかずを横取りするわ。私のこと、ことあるごとにおちょくってくるわで！」

「宿屋の食堂では、偶然にも突発的な出来事が起きただけだろ。お前、それでも聖女かよ？細かいことで、ちくいち目くじら立てて、ほんと心の狭い奴だなあ～」

その言葉に思わず拳を握りしめ、ティアの口の端も、ぴくぴくと引きつってしまう。——間

違いない！　こいつは私のことをからかって遊んでいるのだと……ティアは確信したのだ。

「いい加減にしないと、フィヌイ様だって迷惑しているんだからね！」

――キャウ、キャウ！

いつの間にかフィヌイ様も、いつもの子狼の姿に戻ると私の前に来て、一緒にそうだ、そうだと反論してくれたのだ。

「お前さ……このまま聖女として、その犬っころの神託とやらに従って旅を続けるのか？」

「そ、そうよ。さっきもそう言ったじゃない！」

いつもは、人をおちょくるようなことを言ってくる奴が、急に真面目な顔になる。

目つきも真剣で鋭くなり、イケメンな容姿でこちらを見てくるのでちょっとたじろいでしまう。

ラースも口を開かなければ、背が高く、整った顔立ちをしているから、さすがにちょっとドキドキしてしまうが……

――しかし、この男……

あらためて顔を見てみると、昔どこかで会ったような気がするのだ。

ついこの間、初めて会ったはずなのに……昔からこいつのことを知っていたような気がする。

こいつの性格はともかく……よく見れば、はっと目を引くほど整った外見をしているので、どこかで会っていれば必ず記憶に残っているはずだ。なのにどうしても思い出せない。それとも他人の空似《そらに》なのか……

「おい、なに人の顔をじろじろ見てるんだ……ひょっとして見惚れてたのか」

「いや……全然違うんですけど……」

ラースの軽口にティアは、はっと我に返ると冷めた気持ちになる。

いけない……誤解をされたら大変だし、めんどくさいことこの上ない。とりあえずティアは話題を変えることにした。

「とにかく……そんなことはどうでもいいの。それよりもフィヌイ様は犬っころじゃないの！　前にも話したけど、高貴でとても崇高なこの国の主神であり、とても偉い神様なのよ」

ティアの足元にいたフィヌイは、今までほったらかしにされて、非常に面白くなさそうに頬を膨らませていたが、途端にご機嫌になる。

そうだそうだと、言わんばかりに耳をぴんと立て目を輝かせたのだ。

「ああ、わかった、わかった……それこそ、そんな話どうでもいいんだが……」

頭をかきながらめんどくさそうに答えると、最後の方は呆れたように、ぼそっと呟いていた。

「まあ、それはともかくとしてだ。ティア……俺はしばらくの間、お前たちと一緒に旅をする。理由は話せねえが、これは決定事項だ」

「なに、それ……」

ティアは、ぽかーんとしたのだ。

それに、仮に断ったとしてもこの男のことだ、後方から尾行するつもりだろう。

「ちょっと、待って。理由は話せないってどういうことよ！」

「今は言えないが……いずれ時期が来たら必ず話す。それだけは約束する」

「悪いけど、私1人じゃ決められないわ。相談するからここで待ってて」

そのことだけ伝えると、フィヌイ様と一緒に少し離れた場所に移動し、相談を始めたのだ。


フィヌイ様はティアの顔をじーと見つめていた。

本人は子狼だと言い張っているが、見た目もふもふの白い子犬にしか見えないその姿のまま、綺麗な青色の瞳がティアの姿を映している。

——そんなに気になる……ラースのこと。

目をぱちくりさせると、フィヌイは小首を傾げたのだ。

やはり、神様には隠し事ができないようだ。

「う～ん、気になるというか……昔どこかで会ったことがあるような気がするんですよね。でも、ただの気のせいかもしれないし、こればかりはなんとも……」

──まあ、無関係ではないけどね。

「知っているんですか？　あいつのこと……」

意味深《いみしん》なことを言うフィヌイに、ティアは問いかけたのだ。

「うん、知ってるよ。神様だからね。なんならティアに、こっそり教えようか」

「あ……いや、今はいいかな。なんとか自分で思い出してみます。それがだめでも、ラースが何か言ってくるかもしれないし」

──ふ～ん、ティアがいいなら、これ以上は何も言わないけど……ところでどうするの？　あいつ、僕たちについてきたいみたいなこと言ってるけどさ。

「そう、それなんですよね……」

──いっそのことあいつ目障りだし、地面の奥深くに埋めてみる？　大地の養分にもなるし、一石二鳥《いっせきにちょう》だよ。

「フィヌイ様……！」

──ふふふふっ、冗談だよ！　びっくりした……でも実際に地面に埋めても、あいつしぶといからすぐに地上に出てきそうだね。

尻尾をふりふり、無邪気なことを言う。

正直どこからが本気で、冗談なのかティアの頭ではよくわからないが。

――でも追い払ったとしても、後から別なの寄こされても困るしね。まあ、適度に頑丈《がんじょう》で使えそうだからこの辺で手を打ってもいいかもね。

そう言うとフィヌイ様はティアに自分の考えを話したのだ。

どうやらフィヌイ様なりの考えがあるようだとわかり、ティアはホッとする。


道の片隅で、コソコソとティアとフィヌイは話をしていた。ティアの声はたまに聞こえるが、白い獣の声はラースにはわからない。

ほどなくしてティアは、子犬のふりをした白い獣を前に抱きかかえ彼の前にやってきたのだ。

「お待たせ、フィヌイ様と私の考えがまとまったわ。結論から言うと、あなたを護衛として雇うことにする。……聖女の護衛ということなら、フィヌイ様は一緒に旅をしても構わないそうよ」

「ああ、いいぜ……」

ラースは不敵な笑みを浮かべる。

正直、断られた場合は後方から尾行するつもりだったが、近くでこいつらの動きを直接見ることができるならその方が、都合がいい。

「それじゃ、契約は成立したということで、それでいいのね」

――キャウ！

ラースが頷いたことを、ティアとフィヌイはしっかりと確認したのだ。

そして――

「それじゃ、悪いんだけど……ちょっと屈《かが》んでくれる」

ティアに言われラースは身体を低くすると……突然、ぺったと弾力のあるものが額《ひたい》に触れたのだ。

見れば、犬っころの前足の肉球が額に触れていた。

「これでよし！　あなたにフィヌイ様の加護が授けられたわ。危険からあなたを守ってくれるそうよ。それと……フィヌイ様の機嫌を損ねると、天罰が下るらしいから、そこは気をつけてね」

「は……？」

ティアは満足そうに頷いていたが、ラースの顔色はみるみる青くなる。

――やられた！　これは加護じゃなくて、この犬っころの呪いだ……!!

そう思ったときは遅かった。

だが、ティアはそんな駆け引きなどわかっていないようで、彼の前に白い手を差し出すと、

「これからもよろしくね。ラース」

笑顔で握手を求めてきたのだ。

ラースは気がついたときには、自然とそれに応え手を握り返していた。

成り行きはどうあれ、先に進むしかないと彼は割り切ることにする。そして、自分でも知らずにどこか楽しそうな笑顔を浮かべていた。

そして、ちらりと子犬のフリをした白い獣を見ると、喜んでいるティアと対照的にしたり顔をして、こちらをフフフフッと見つめていたのだ。

外伝　美味しいものを探そう

ティアたちが商業都市ディルの街に滞在して、１週間以上が過ぎていた。

先日、アドラ・ネーシュの館に侵入し、聖遺物に秘められていたフィヌイ様の神力を無事に回収することもでき。そして、牢に囚われていた子供たちを無事に救出することもできたのだ。

そんな中、ちょっと気になる奴にも会ったのだが……おそらく、そいつとはもう会うこともないだろうし、とりあえずは忘れてしまおうと思う。まあ、いろいろあったが全てが上手く片付いたのだ。


そして今、過去の出来事よりも重大なことがある！

もちろんフィヌイ様の神託に従い旅をすることも大切な務め。

だが、せっかく旅に出たのだから楽しまなければもったいない。それこそ、根《こん》を詰めすぎてばかりでは非常に身体にもよろしくないのだ。

現在、ティアたちが滞在している商業都市ディルは、リューゲル王国の中には存在しているが、唯一自治権を認められている場所だ。

ここは交易で潤っているし、東の果てにある国の品はもちろん、海を渡った南の大陸からの品まで集まる交易の中心地として栄えている。

となれば、人の出入りも自由でいろんな人々が集まり様々な文化に触れることもできるのだ。

つまり、異国の美味しい料理や、最近流行っている食べ物もたくさんあるはず。そうと決まればぜひとも実現させなければならない！　これは、ティアがここに来てからずっと楽しみにしていたことなのだ。

幸いにも聖遺物の一件も思っていたよりも早く片付いたし、念のため前回のことを踏まえ、街の様子を慎重に探りつつ、今日はフィヌイ様と一緒に美味しいものを探すツアーに出かけることにしたのだ。

ティアは子狼の姿をしたフィヌイと共に、昨日の晩は遅くまで、宿屋にて一緒に穴が開くほど地図を見ながら、真剣にああでもないこうでもないと議論を深めていた。

そして、２人の意見が一致した場所は……

フィヌイ様の、可愛い前足でびしっと示された場所。

そこは商業都市ディルの街の中にある、はるか東の果てからやってきた人が住んでいる区域。

通称『東方街』――

今日はここに、ご飯を食べに行くことにしたのだ。


だが、フィヌイ様から示された条件もある。

それは、子狼姿のフィヌイ様でも食べられるような、繊細で美味しいものがいいというのだ。

う〜ん、そういえば……東の大陸の料理って辛《から》い食べ物も多いと聞くし、そこは気をつけないといけないな。

フィヌイ様はこの国の主神。偉い神様とはいえ、今は真っ白い子狼の姿。

狼といえば、ワンちゃん……じゃなかった、イヌ科の動物なので、嗅覚が人よりもはるかに鋭く繊細な匂いも嗅ぎ分けられる。

つまり、人にとって強い刺激がある香辛料をたくさん使った料理や辛いものは苦手なのだ。

でも、イヌ科の動物が食べられないものも食べているような気がするが……まあ、いいか。

それに加え、フィヌイ様の好みも考慮しなければならない。

確かフィヌイ様は、お肉とお魚が好きで、どちらかというとお肉派。おやつは甘いスイーツやミルクが大好きだ。

食べられないもの嫌いなものは、果物と生のお野菜。後は、酸っぱいものと辛いもののようだ。

果物に関しては以前……鳥の姿だったときに、これでもかっというくらいにたくさん食べたので、特に今は食べたいとは思っていないそうだ。

そういえば神殿にいたときフィヌイ様のお供え物って、果物がてんこ盛りで尋常じゃない量が盛られていたような気がする……

つまり、昔食べすぎたから今は見たくないってことなんだよね。とまあ、脱線した過去の出来事は置いておくとして。

以上のことに注意したうえで、フィヌイ様が気に入るような繊細で美味しい食べ物を探さなければいけない。これが今日の課題なのだ。


そんなこんなでティアは子狼姿のフィヌイを小脇に抱え、美味しいものを探すため、『東方街』の入口である、大きな門の前にやってきた。

その門は朱塗《しゅぬ》りを基調とし、その上から金の精密な彫刻が施されている。

美味しいものを必ず見つけるという強い意気込みとやる気に満ちた眼差しで、ティアとフィヌイは東方街の門を潜ったのだ。

東の果てからやってきた人たちが住む区域。東方街はなんとも神秘的な雰囲気に満ちていた。

この国では石造りの建物が多いが、この辺は木材で造られた赤を基調とする建物が多く立ち並び、精密な彫刻が施されたランプみたいな明かりが軒先に下がっている。

街を見るだけでも本当に異国に来た雰囲気を味わうことができるから不思議だ。

東方街も、商業都市ディルの収益にかなり貢献していて、この商業都市を統《す》べる8人のギルドマスターの1人も、確かこの街の代表者らしい。

そんなわけで、ここもまた観光地としてとても賑わっていた。


まずは東方街の大通りをそれとなく歩いてみるが、まだ朝の時間帯にもかかわらずたくさんの人で混雑していた。

ちなみに今のフィヌイ様は子狼の姿。そして人通りが多いため、いつもの肩掛けカバンにそっと入れると、すぐに顔を出し周りをきょろきょろと物珍しそうに眺め始めたのだ。

しばらく道なりに歩いていると、とても美味しそうな匂いに誘われ、気がつけば通りに面した、とある屋台の前に立っていた。

今日の朝食、ここで買ってみるのもいいかもしれないとティアは思ったのだ。

そこにあったのは、満月のように丸くて白い、もちもちのふわふわでティアの顔よりも大きな食べ物だ。

フィヌイ様もカバンから顔と前足を出し、目をキラキラ輝かせ、これ買って!! と言っている。よし、許可が下りたぞ。

大きな蒸し器に入っている白くてもちもちした食べ物を、とりあえず3つ購入する。

朝食としては少なめだが……お昼に本気で美味しいものを食べる予定なのでこれくらいがちょうどいいだろう。

この匂いから中にはフィヌイ様が好きそうなものが入っていると確信する。

ちなみにこの食べ物、名前は『肉まん』と言うらしい。

野菜や椎茸《しいたけ》というキノコを細かく切り、よく練った豚《ぶた》挽肉の中にそれらの具材を入れて、粒の柔らかい小麦で作られたもちもちの白い皮の中に優しく包み込む。蒸し器でほかほかになるまで蒸せば完成するとのこと。

売り子のお姉さんから、一通り作り方を聞いて再現可能であればフィヌイ様にも作ってあげたいと思ったが……なんか独特の道具とか東の大陸の食材なんかも揃えなくっちゃいけないようだし、難しくって無理そうだ……

仮に、できたとしてもこの屋台の味を再現できるか微妙だしなぁ、慣れないことは止めておこう。

売り子のお姉さんにほかほかの肉まんを薄紙に1つずつ包んでもらい、紙袋に詰めてもらうと、大急ぎで東方街の入口にあった朱塗りの大きな門まで移動する。

歩きながら美味しそうに食べている人もいるが、フィヌイ様と落ち着いて食べるためだ。

確か近くに……異国風の東屋《あずまや》と、その下に石のテーブルとベンチもあったはず。そこでゆっくり食べようとティアは考えたのだ。


そして、再び朱塗りの大きな門の前に来ると、近くの東屋の中に入りベンチに腰をかける。

フィヌイ様の前には、ディルの街で新しく購入した子狼のフィヌイ様専用の食事用マットを広げ、その上にほかほかの肉まんを、1つ置いたのだ。これで器がないときでも、食事用マットさえ広げれば、地面の汚れを気にせず快適に食べられるだろう。

ベンチに腰をかけると、あらためて朱塗りの門をティアはなんとなく眺めたのだ。

「なんか……入口にある朱塗りの門。異国の雰囲気が漂ってますよね～ よく見ると、立派な角《つの》と長い髭《ひげ》がある金の蛇みたいな彫刻なんかもあるし、はるか東の国には、あんな生き物もいるんですかね」

——ティア、あれ蛇のような生き物じゃないよ。龍《りゅう》って呼ばれている神様なんだよ。

「……え？　フィヌイ様と同じ」

——そうだよ。龍は東方を統べる水属性の神なんだ。

とか言いながらも、フィヌイ様はワンちゃんの伏せの状態で、肉まんに熱い視線を向け、小さな前足で一生懸命に押さえていた。その姿もやっぱり可愛いなとティアはほっこりした気分になり。

――そうそう、この肉まんも確か――龍がいる東方の国が起源の食べ物らしいから美味しくいただこう。

「はい！　それじゃ、いただきます～」

ティアとフィヌイは大きな口を開け、肉まんに勢いよくかぶりついたのだ。

口に入れた瞬間、白い皮の程よい甘みと、中に包まれていた肉汁の旨味が口いっぱいに広がっていく。

「う～ん、幸せ～。なんて美味しいんだろう」

思わず満面の笑みになってしまう。

豚肉だけでなく、野菜の旨味がよく出たスープが小麦の白いもちもちした皮に染み込み、至福の時間を味わえるのだ。

東方の野菜である？　タケノコのシャキシャキ感に、椎茸の風味も合わさって、初めて食べる味だが、ほっぺが落ちるくらい美味しいのだ。

フィヌイ様も両前足で押さえながら、はふはふと中身の熱さと格闘して美味しそうに食べている。そして、その姿も可愛いすぎる……

じーとその光景を見守っているとティアはあることに気づいたのだ。

あ、そうか……　猫だけでなく、狼も猫舌《ねこじた》だったんだとティアはあらためて気づかされる。

だがこの肉まん、なんて美味しさなんだ！

夏の終わりに、ほくほくで熱い食べ物がこんなに美味しいのだから……冬に食べたら絶品間違いなしだ！

これはいくらでも食べられそうだと、最後の肉まんに手を伸ばそうとしたとき、フィヌイ様と目がぱちっと合ったのだ。

は……！　フィヌイ様も最後の肉まんを狙っている！

昼食もこの辺りで食べようと考えていたので、肉まんは3つしか買っていない。だって、だって昼食も美味しいものをさらにめいっぱい食べる予定なんだから、お腹のコンディションも考え、朝は軽めにしようと思ったのだ。

しかし、ここでフィヌイ様と無用な争いは避けなければいけない。

考えた末、ティアは最後の肉まんに手を伸ばし、２つに割ると、もう片方をフィヌイ様に渡そうとしたが……

「キャウ……！」

フィヌイ様に待ったをかけられてしまったのだ。

そしてしばしの沈黙の後、フィヌイ様は真剣な顔でティアを見つめ、

——ティア。こっちの肉まんの方が明らかに小さいよ。ティアが持っている方の3分の1ぐらいの大きさしかない。

「ギク！　でも……フィヌイ様、子狼の姿だからたくさん食べてお腹壊しても大変だし、小さい方がいいかなって……」

——む！　それはそうだけど……でも大きい方の肉まんが食べたいんだ。でも、このままじゃ、どっちも譲らないよね。そうしている間にも肉まん冷めちゃうし……　よし、ここは平和的に、じゃんけんで決めよう！　勝った方が、どちらか好きな大きさの肉まんを選べるんだ。

フィヌイ様の提案にティアは真剣な表情で頷くと、

「わかりました。フィヌイ様がそこまで言うなら私は構いません。ですが本当にいいんですね？」

——もちろん！

「それじゃいきますよ。じゃんけんぽん——!!」

ティアの声が辺りに響き。

——その結果は。

ティアはチョキを出し、そして……フィヌイ様はお手の要領で肉球を出したのだ。

「やったー！　私の勝ちなので、この大きい方の肉まん、いただきます！　もぐもぐ……うん、美味しい～」

「……」

フィヌイは口をあんぐり開けたまま……食事用マットに置かれた、とても小さい肉まんと、自分の肉球を交互に見比べていたのだ。その姿は、ぽつんと佇《たたず》んでいてちょっと寂しそうだ。

そして自分の前足の肉球をまじまじと見つめると、悲しい現実にやっと気づいたのだ。イヌ科の動物は、じゃんけんではパーしか出せない！　その現実に打ちのめされ、しばらくの間、放心していたのである。

フィヌイ様はしばらくの間、いじけていた。

よほど、大きい方の肉まんが食べたかったのだろう。ティアも気づいていながら、さすがに大人げなかったとちょっと反省はしている。

「フィヌイ様～　謝りますから、そろそろ機嫌を直してくださいよ～」

――別に～　僕、怒ってなんかいないもんね。大きい方の肉まんが食べられなかったからなんて、怒っているわけじゃないもんね～　ちょっとティアってひどいなって思っているだけだもんね。

ああ……やっぱり、食べ物の恨みはなんとやらで、けっこう根に持っているのねと思いつつ。

ティアは、そんないじけたフィヌイ様を抱っこしたまま東方街の裏路地をあてもなく歩いていた。

肉まんを食べ終わり、ふとフィヌイ様を見れば……道の片隅でお座りをしながら、前足でちょんちょんと砂利をいじり、完全にいじけていたのだ。

そして歩くのを完全に拒否していたので、ティアはフィヌイを抱き上げ今に至るというわけだ。

腕の中では、フィヌイ様はぷんすかと小さな頬を膨らませ、目を棒線にしながら、子狼の小さな顎をティアの腕にぺったりと載せている。

まだ、いじけているんだ……。困ったな、どうしよう。

「あの～　次のお昼ご飯のときフィヌイ様の好きなものにしましょうね。私の分も少し多めにあげますから。それに、それに今日は奮発して高いものでもフィヌイ様の好きなお菓子も買いますから、ね！」

——ほ、ほんとに……！

フィヌイの白くて可愛い狼の耳がぴくぴく動く。

「はい。もちろん！　約束します」

――うん！　なら、許すよ。

そう言うとフィヌイ様は子狼の姿で勢いよく、ぴょんっと腕から跳び下りると元気よく前を歩き始めたのだ。本当に楽しそうに少し前をテクテクと歩いている。

まあ今日は、少し出費がかさむがたまにはいいだろうと、ティアも笑顔になったのだ。

しばらくの間そうやって歩いていると、フィヌイ様は急にぴたっと立ち止まったのだ――

そして、黒い鼻を上に向けひくひくと匂いを嗅ぐ仕草をすると、きらんと目を輝かせる。

――ティア！　美味しい食べ物の匂いがする。僕についてきて！

言うが早いか、いきなりウサギのように走り出したのだ。

「え？　え〜〜！　ま、待ってくださいよ〜」

ティアはいきなりの展開についていけず、猛ダッシュでフィヌイの後を追う。

走ることで食後の運動になるかもしれないが、なにせ食べてすぐの運動なので身体にはよろしくないはずだ。でも、全速力で走らないとフィヌイ様を見失ってしまうかもしれない。

さっき食べた肉まん……昼食のことを考えて少なめに抑えて正解だったなと心の片隅で思いつつ。

フィヌイ様は、東方街の大通りには目もくれず、網《あみ》の目に入り組んだ裏通りをウサギのように、ぴょんぴょん走り抜けていく。

裏通りは人通りが少なくってほんと助かるが、気を抜けばフィヌイ様の姿を見失ってしまいそうだ。

ティアもフィヌイの後ろ姿を見失わないように必死で追いかけていく。


そして、やっと追いついたと思ったとき――

フィヌイ様は、木で造られた小屋の前にちょこんとお座りをしていたのである。

よく見ると、真新しい木材で造られた異国風の店のようだ。東方街の中にあってもなんか、珍しい造りのようだが……

フィヌイ様は、店の入口で可愛くお座りをしていたはずだったが……何を思ったのか後ろ足で立ち上がると、店の入口の引き戸を前足でがりがりと引っかき始めたのだ。

「……!!」

どうやら店の中に入れてアピールのようだが、怒って店の人が出てきては大変だとティアが子犬のフリをしたフィヌイを慌てて抱き上げるのと、店の戸が開くのはほぼ同時だった。

ガラガラっ――と店の戸が開くと中から出てきたのは30代後半くらいの男の人。白い服で、おそらく料理人なんだろうと思う。ティアはちょっと気まずげに、

「あ、あの……すみません。お昼の食事営業ってやっていますか……。あと、できればペット可であれば助かるんですけど……」

「ああ……今、客は店にいないから別に構わないよ」

ちょっと驚きながらも頭をかきつつ、ティアたちを店の中へと入れてくれたのだ。

聞けば、この男の人はこの店の亭主《ていしゅ》で、ここ最近店を新しく開いたばかりだという。

だが人通りの多い表通りから離れているということ、それと……東方街の中にあって、少し変わった料理を出すのでお客さんはさっぱりだという。

料理を食べて、多くの人に宣伝してくれればということで、今回特別にペット同伴でもいいということになったのだ。

でも、きっとこのご主人――モフモフ好きだとティアは直感する。

こちらとしてもディルの街に来てから、フィヌイ様と一緒に店内で食事ができる店があまりに少なくフィヌイ様がご立腹だったので、ホッとしたのだ。

木の椅子に座り、テーブルに出された水を一気に飲みほすと、ぐでーと木のテーブルに突っ伏してしまう。

ここまで、またしても全力疾走をする羽目《はめ》になったので喉がカラカラなのだ。

そして水も飲みホッと一息を吐くと、さて何を注文しようか考える……

だが、考えてみれば東方の料理に関しては、よくわかんないのだ。

フィヌイ様を必死で追いかけてきただけなので、この店がどんな料理を出すのかまったくわからない。

ただ……厨房の奥から美味しそうなお肉の匂いが漂ってはくるが……

一生懸命に考えてはみたが……結局、ティアは子犬のフリをしているフィヌイ様を見ながら、

「この子が美味しく食べられるような、お肉料理をください！」

と、注文したのだ。

ご主人は一瞬驚いたようだったが、すぐに優しい笑顔を浮かべる。

「それなら今、料理を試作している最中ですが、それでよければ……すぐにお出しすることができます」

ティアはフィヌイが頷いたのを確認すると、ご主人にその料理を注文したのだ。


そして——

出てきた料理は、ティアにとって意外にも見覚えのあるものだった。

リューゲル王国では、よく見かける一般的な料理。もちろん、ティアが旅に出てから初めて

口にしたものだが。

なんというかポークカツレツによく似ているのだ。

見た目は油でカリッと狐色に揚げられて、衣の中に豚のロースが包まれている。まあ、食べやすい大きさに切り分けられているから、中身が豚肉だとわかったんだけどね。

そして、かかっているソースはデミグラスソースやマッシュルームソースではない。かなり黒っぽくてコクのあるソースのようだが……？

でも、すごく美味しそうな匂いに誘われ、ティアは一口食べてみる。

口の中に、じゅわっと甘い脂の旨味、柔らかい豚肉の美味しさが広がっていく。それに衣もサクサクでしつこくなく軽い口当たりだ。

この黒いソースも果物や野菜、貝のような深いコクがありこの料理にとても合っている。

それに、付け合わせの千切りにしたフワフワのキャベツも一緒に食べるとよく合うのだ。

次はちょっとした味変《あじへん》を楽しんでみる。まずキャベツの端に彩《いろど》りで置いてあるレモンを絞ると、料理全体にまんべんなくかけてみる。そして『からし』と呼ばれているマスタードを今度はお肉につけて食べてみると……！　さっぱりとしてまた食が進むから不思議だ。

そして、白くて輝いているお米を口の中にかき込むと最高に幸せ～　世の中にはこんなに美味しいものがあるなんて、生きていてよかったと感動すら覚える。

足元を見ればフィヌイ様も、専用の器の一番下にお米、その上に湯通しした千切りキャベツ、そして一番上には食べやすいように切ってくれたソースをかけたカツレツを載せているご飯を、美味しそうに食べているのだ。その顔を見れば、幸せそうで大満足と言っている。

お腹いっぱい食べ終わりほっと一息吐くと、ティアはこの料理についてご主人に聞いてみる。

「あの、この料理はなんていうんですか？」

「『豚ロースとんかつ』です」

「とんかつ？」

「東の大陸の、さらに海を渡った先にある島国の料理です。この国のカツレツに少し似ていたので新しいメニューになればと思い試作品を作っていたんですよ」

なるほど……そういうことだったのかとティアは納得する。

このご主人――はるか東の大陸の、さらに海を渡った先にある小さな島国の出身らしい。故郷の島国から海を越え東の大陸に渡ったとき、縁あって西の国へと向かう商隊と共にこの商業都市ディルへやってきたんだって。

本当に、世の中って広いんだなあとティアは実感したのだ。

そしてお会計を支払おうとしたが、今日の料理は試作品なのでお金はいただけないと言われたのだ。代わりにできるだけ、たくさんの人にこの店の宣伝をしてほしいとお願いされ、ティアは承諾すると店を後にしたのだ。

フィヌイ様はご機嫌な様子で、ティアの少し前を食後の運動とばかりにてくてくと歩いている。なんか、スキップでもしているみたいに軽い足取りだ。

「どうでした……？　さっきのお店は、お気に召しましたか？」

――もちろん！　合格だよ。料理もすごく美味しいし、お客さんがいないうちに食べられて運がよかったね。それに何も知らない東方の人間にもかかわらず、僕のようなもふもふにも優しいあの店、大繁盛《だいはんじょう》は間違いなしだよ！　僕の祝福もおまけにつけたからね。

この国の主神であるフィヌイ様のお墨付《すみつ》きが得られたのだ。縁起物といわれるフィヌイ様がそう言うのだから、すぐに大繁盛間違いなしだとティアは確信したのだ。


お腹いっぱい、お昼ご飯も食べればやはりスイーツが欲しくなるもの。

てっきり、今日のおやつも『東方街』の中で済ませるものだとティアは思っていたが……フィヌイ様が、おやつは商業都市ディルが誇る美味しいものが食べたい！　と尻尾をフリフリしながらアピールしたので、東方街を抜けディルの街の中心部へと向かうことにしたのだ。

東方街のスイーツはまた別の機会に来ようと、露店で売られている胡麻《ごま》をまぶした小さなお団子《だんご》や、アーモンドを載せたクッキーなどを眺めつつ……ティアは名残惜しそうに街を後にしたのだ。


そして気持ちを切り替えて、街の中心部へと向かう。

商業都市ディルは、周辺諸国の中でも流行の中心地。もちろん美味しいスイーツもたくさんあるし、ティアも楽しみで仕方がなかったのだ。

だが、フィヌイ様はすたすたと庶民がよく買い物に向かう大通りの方ではなく……

あれ？　そっちの方向は確か……貴族などの特権階級の人たちが買い物に行く、高級なお店が並ぶ方向では……とティアがそんなことを考えていると……

フィヌイ様はてくてく歩き、金色の王冠を頂《いただ》く白鳥の飾り看板の下でぴたりと足を止めたのだ。

そして、タッタッタとお菓子作りを行っている職人さんが見える大きな窓ガラスまで走っていくと、ぺったりと両前足と子狼の顔をめいっぱいくっつけて、尻尾を大きく振りながら中の様子を窺っていたのだ。

どうやら、大きな窓ガラスの中では職人さんが、長い筒《つつ》に何度も卵色の生地を塗り洋菓子を作っているようだ。

でも、このお店……王都でもあったような……

まさかとは思うけど……この金色の王冠を頂く白鳥の飾り看板。王家御用達《ごようたし》の高級洋菓子店じゃないよね。はっははは……

もしそうだったら、入れるのは確か王族か上級貴族とかの特権階級。

しかも貴族でも、いちげんさんお断り。完全会員制だし、ティアみたいな庶民は絶対に入れない店だ。

まずい……フィヌイ様の興味を別の店に逸らさないと……

ここのお菓子が食べたい！　なんて言われたら、難易度が高すぎる～

だが、ティアの対応はすでに遅かった。

フィヌイは、目をきらきら輝かせながら期待のこもった眼差しをティアに向け……

――ねえ、ティア！　あの丸くて切り株みたいなお菓子が食べてみたいよ～

え～～!!　そんな！　もう、興味持っちゃったの～

ティアの心の中では、絶叫が木霊《こだま》したのだ。

「フィ、フィヌイ様……。ここじゃなくて、別の洋菓子店にしませんか……」

――嫌だ！　あの切り株みたいなお菓子が食べたい～！

ぷいっと顔を横に背けると、駄々《だだ》をこね始める。

特権階級だから、私が聖女です！　と言えば買えないこともないが……その前に神殿の奴らがすっ飛んできそうだし……

いや、それ以前にこいつ頭大丈夫か……と思われて、追い払われるのが先か……

それなら子狼の姿のフィヌイ様を見せて、リューゲル王国の偉い神様です！　なんていうのも論外……

困ったことになったなあ～とティアは頭を抱えたのだ。

そうしている間にも、フィヌイ様はガラスに張りついて、今度は店の中で働いているお菓子職人さんたちに向けて、可愛くって困っている子犬アピールを始めたのだ。

目をウルウルさせてきっちりとお座りもして、そのお菓子食べさせてください！　と感情に訴えてくるのだ。

何人かの職人さんたちは心を動かされたのか、可愛いフィヌイ様をちらちらと気にしている。

ティアは少し離れたところから、その様子をじーと冷静に見守りながらこう思ったのだ。

フィヌイ様って……リューゲル王国の主神であり偉い神様なんだよね。

すごく可愛いけど……神様の威厳は、かなり遠くに置いといていいのかな？　とふと考えてしまったのだ。

こうしている間にも、あと少しでフィヌイ様が職人さんたちの心を動かせそうなところで……ティアは、はっとあることに気づいたのだ。

「……！」

お店の中から、燕尾《えんび》服を着て片眼鏡をかけた支配人らしき人が出てきたのだ。しかもフィヌイ様を見ながら額に青筋なんか立てているし……

いけない……！　この流れではフィヌイ様のことを、この犬めー!!　とか言ってつまみ出すパターンだ。

そう判断したティアは、今も可愛い子犬アピールを続けているフィヌイ様のところへ大急ぎで向かうと素早く小脇に抱え回収。ぱぴゅーんとその場から一目散に逃げ出したのだ。


その日の夜——

フィヌイ様は宿の部屋に戻ってからも、切り株みたいなお菓子が食べたいよ～　と子狼の姿で床に転がり、小さな手足をバタつかせ駄々をこねていた。

いや～　相変わらずそんな姿も可愛いんだけどね。

だけど今回に限っては、呑気に和んでばかりもいられない。

他の店にも美味しいスイーツがありますから、明日はそっちも見てみましょうよ。と気を反らすようなことを提案してみても、嫌だ！嫌だ!!　あのお菓子が食べたいんだ～　と言って聞かないのだ。

仕方なしに、ティアはもう一度あの店に行ってみて、それでもダメだったら諦めることを提案した……。だが、フィヌイ本人はティアの話を聞いていないようで、明日こそあのお菓子を食べることができるんだと思い込んでいたのだ。

その日の夜は、宿の1階の食堂で軽めの夕食をとり、日中の美味しいものでたくさんお腹も満たされたのかフィヌイ様は早々にスヤスヤと眠ってしまったのである。

ティアは、寝具《しんぐ》にごろんと横になりフィヌイ様の気持ちよさそうな寝息を聞きながらぼんやりと考えてみる。

そう、できることならフィヌイ様の言っていた、切り株みたいなお菓子。おそらく『バームクーヘン』のことだと思うが……

それを食べたいという望みは、できることなら叶えてあげたいと強く思ってはいる。

もちろん、私もあの美味しそうなお菓子を、できることなら食べてみたい！

でも……もし食べることができなかったら、きっとフィヌイ様はがっかりしてしまう。そういう状況も想定し、フィヌイ様に喜んでもらう方法はないだろうかとティアは真剣に考えていた。

そして――むくっと寝台から起き上がると、フィヌイを起こさないように、そおっとドアを閉め1階にある宿屋の食堂へと降りていったのだ。

次の日――

フィヌイ様は例の高級洋菓子店の前で、もふもふの子犬がまた遊びに来たよっと主張していた。

ちょこんと前足を揃え、お行儀よくお座りをして今度は、自慢のふさふさの尻尾を大きく振っていたのだ。

窓ガラス越しから職人さんたちの様子を窺い、目を潤ませて感情に訴えかけているようで……

ティアの目から見ても、もふもふ好きの職人さんの何人かは心を動かされているようだ。ちらちらと子犬のフリをしているフィヌイ様のことを見ているし。

もう少しでお菓子がもらえそうだ！　がんばれ、フィヌイ様！　とティアはちょっと離れた建物の柱の陰から見守っていた。

もし緊急事態が発生したなら、すぐにフィヌイ様を抱え逃げ出すことができるよう、少し離れたこの場所でティアは待機をしていたのだ。

フィヌイ様と昨日相談し、事前に作戦は立ててある。

お金は持っているが、正攻法で正面からお店に突撃しても、王侯貴族御用達の高級洋菓子店なので庶民のティアが買うことは、まず無理だ。

ならば、ティアは少し離れたこの場所で待機をし。正面入口に、フィヌイ様の可愛さに心を動かされたお店の誰かが出てくるのを待つ。心を動かされた人が出てくれれば、そこにすかさず私がお金を持って登場。ただでもらうのは申し訳ないので、お金を払ってバームクーヘンを手に入れるという作戦だ。

それでも1つだけ懸念《けねん》がある。そう前回、燕尾服を着て片眼鏡をかけた心の狭そうな支配人らしき人が出てきた場合だ。

問答無用で追い払われる可能性が非常に高い。よければ追い払われるだけで済むが、悪ければ不審人物として街の詰め所に突き出される危険もある。

そんなことになれば、またしても面倒な事態が発生してしまう恐れもあるので、それだけはなんとしても避けなければいけないのだ。

そこでティアが少し離れた建物の陰から、フィヌイ様を見守り待機をする。

もし、心の狭そうな支配人らしき人が出てきた場合、昨日と同じように素早くフィヌイ様を回収、この場から速やかに退避すればいいのだ。

うん、我ながら完璧な作戦だ！

そうこうしている間に、フィヌイ様の可愛いおねだり作戦が通用したのか、職人さんが何か片手にお菓子を持ってやってきたのだ。

よし、もう少しだ！

そう思ったそのとき――

突然、後ろから両方の手首をがしっと掴まれたのだ。

気がつけばフィヌイ様もいつの間にやってきたのか……この店の護衛兼警備員なのだろうか。いかつくって、かなり体格のいい人に捕まっていたのだ。

そしてティアも警備員らしき人に捕まり、ティアたちは店の正面入口で待ち構えている、心の狭そうな支配人の前に突き出されたのだ。

「お前たちは……！　昨日から、不審者のごとく店の周りをちょろちょろうろつくだけでなく、そこの品性の欠片もない雑種犬を使って営業妨害をするだと！　何を考えているんだー!!　この店はお前たちのような庶民が来られるようなところではない。すぐにでも街の詰め所に突き出してくれるわ！」

「ですが支配人……この雑種犬。青い目に白い毛色ですが、ひょっとしてこの国の主神の化身ってことは……」

「は……！　お前の目は節穴か？　王都で一度だけ見たことがあるが、聖女様はとても気品があり高貴な方だ。それにこの国の主神フィヌイ様は、美しい鳥の姿だと言われている。こいつらを見ろ。ド庶民の小娘に、品性の欠片もない白い雑種犬だ」

「ええ……まあ……そうなんですけど」

なんか、黙って聞いてればすごい言われようだけど……私はともかく、フィヌイ様への侮辱は許さない！

フィヌイ様の顔を見れば、子狼の姿だが目が吊り上がって怒り心頭だし……

ここは私が聖女としてしっかりしなければ、そう思いティアは堂々とした口調で、

「黙って聞いてれば、好き勝手言ってますけど……この子は雑種なんかじゃありません！　私の可愛いワンちゃんよ!!」

――し～ん
その途端、辺りが完全に静まりかえったのだ。

周りの人たちがぽか～んとしているし、フィヌイ様も口をあんぐり開けティアのことを呆然と見ているのだ。

え？　え？　私、なんか変なことを言ったのかなとちょっと焦《あせ》ったが、助け船は意外なところからやってきたのだ。

「まあずいぶんと騒がしいようですが、支配人どうかなさいまして？」

ん？　なんかどこかで聞いたことのあるような、よく響く綺麗な女性の声だなとティアが思っていると。

支配人はさっと居住まいを正すと警備の人もそれに倣う。

「これは、これは、カリオン公爵夫人。大変お見苦しいところをお見せしました。店の周りを不審者がうろついていたので取り押さえたところでして……」

支配人は流れるような所作で恭しく礼をしたのだ。

そこにいたのは騎士さんたちに護衛された、美しい貴婦人の姿だった。

ティアも慌てて警備の人の手を振りほどくと、修道女の挨拶を丁寧に行ったのだ。

「ご無沙汰《ぶさた》しております。カリオン公爵夫人」

「まあ、ティアさん。また会えて嬉しいわ。お元気でしたか？」

そう、そこにいたのは王都を出てすぐに出会ったカリオン公爵夫人こと、セシルさんだったのである。しかし、今日は息子のウィル君の姿はないようだが……

ティアが視線を巡らしているとそれに気づいたのか……

「今日は、息子のウィリアムは宿でお留守番なのよ」

「そうだったんですね。様子を見たかったので会えなくって残念です」

私たちが和やかに話し始めると、心の狭い支配人はおずおずと、

「あの～　お知り合いなのですか……」

「ええ、私の古い知り合いのお弟子《でし》さんです。今日、会う約束をしていたのですが、こちらの手違いで、会うことができなくって困っていたのですよ……。それで彼女は、私がこの店に立ち寄ることを知っていたので先回りをして、ここで待っていてくれたようですね。私としても本当に助かりました。それで、支配人――何か問題でもあったのですか？」

セシルさんの淀《よど》みのない言葉と微笑みに、支配人の顔色がみるみる青くなる。

「い、いえ！　こちらの手違いでして……　た、大変失礼いたしました!!」

慌ててティアとフィヌイから離れて頭をぺこぺこ下げ謝罪をしまくると、逃げるように警備の人たちとその場を去っていったのである。

あいつらの姿が見えなくなると、セシルさんは優雅な仕草で扇《おうぎ》を広げ、少女のようにクスクスと笑う。

「どうやら、上手くいったようね。ティアさん、それにフィーちゃんも元気そうでよかったわ」

「ありがとうございました。セシルさん！」

「キャウ！」

ティアもフィヌイ様もセシルさんにお礼を言ったのだ。

「でも、どうしてこんなところに？」

「それは……」

セシルさんの問いに、ティアは商業都市ディルの街に立ち寄ったところ、フィーがこの店のバームクーヘンを食べたがっていたので、なんとか買えないものかと粘っていたら、あの人たちに捕まってしまったことを簡単に話したのだ。もちろん、この街に来た目的である、聖遺物うんぬんの話には触れずにである。

「まあ、そうだったの。だったら私も、ちょうどこちらの店に用があったのよ。……領地へ今度お招きする王族の方がいて、ここの洋菓子をとても好まれているの。使いの者に頼んでもいいのだけれど、やっぱり実際の品物を見てみたくってね。そうしたら偶然にもティアさんたちに出会えるなんて」

「あの～　セシルさんは、ディルの街に滞在しているのですか？」

最後に会ったのは、天赦祭のあった夏至の日が過ぎてすぐの頃だったはずだ。

ふらふら、徒歩であちらこちら立ち寄っていたティアたちとは違い、領地にすでに着いているものだとばかり思っていたのだが、

「いいえ、まだ領地へ戻る途中なの。ティアさんのおかげでウィルの調子もとてもよくって……

今では元気すぎるくらいよ。それで急いで帰る必要もなくなったから、避暑地にある屋敷に立ち寄って、夏の間滞在していたの。今度こそ、領地へ戻る途中かしらね」

「ああ、なるほど……」

ティアは、うんうんと納得したのだ。どうやら、フィヌイ様のおかげでウィル君はすっかり元気を取り戻したようだ。一安心といったところか。

「そうだわ。ここで会ったのも何かの縁ね。主神フィヌイ様のお導きかもしれない。ティアさん、もしよろしければ貴女たちの好きなものを言ってくださいな。これで、ご恩を全て返せるわけではないけど、前回のお礼も兼ねてぜひ、心ばかりだけど買わせていただけないかしら」

セシルさんの申し出をさすがに断るのも失礼だと思い、ティアはご厚意に甘えることにしたのだ。

それに……子狼姿のフィヌイ様も目を輝かせながら、絶対にこの申し出受けて！　と全力で主張していたので、断る理由など見つからなかったのだ。

そして、買いたいと思っていたバームクーヘンを無事に手に入れることができたのである。

別れ際……セシルさんは、ウィルはフィーちゃんやティアさんに今日会ったことを伝えたら、とても残念がるわね——と言い残し。

本当に名残惜しげに、今度はぜひ領地に遊びに来て頂戴《ちょうだい》ねと伝えると、馬車に乗りウィル君が待つ宿へと向かったのだ。

確かにウィル君のためにも、今度は絶対にフィヌイ様と一緒に領地にあるお屋敷に遊びに行こうとティアは思ったのである。


そしてティアは、セシルさんに買ってもらった洋菓子が入っている大きな紙袋を抱え長期滞在している宿屋へとたどり着く。

部屋に入るとフィヌイ様と一緒にわくわくしながら袋の中身を開封したのだ。

セシルさんと一緒に、ガラスケース越しに直接お菓子を選んではいたが、やはり包みを開けるというのはわくわくするものだ。

そしてまず、大きな箱の蓋を開けるとそこに入っていたのは、切り株の形をしたバームクーヘンだ。

外側には、雪のように真っ白な砂糖でできたアイシングが施されており、見た目は大きな白《しら》樺《かば》の切り株のようで……

見ているだけでも、とても綺麗で食べるのがもったいないぐらいだ。

ティアはそれを慎重に切り分けて10等分ぐらいにする。今度は肉まんのときとは違い均等に分けることができたはずだ。

切り分けた一切れずつを、テーブルにあるティアのお皿と、足元のフィヌイ様の専用の器の中に、形が崩れないように慎重に入れる。

ほのかに高級な洋酒の香りが漂い、生地は木の年輪が刻まれているように見える。少し固いのかとも思ったが、指で触ってみるとスポンジのようにふわふわだ。

口の中に一口入れると、小麦粉の程よい甘さと、それでいてしっかりとした卵の風味がする生地だが、ふわふわも残しつつ、アイシングの砂糖と合わさり、口の中で心地良い余韻《よいん》を残しつつ溶けていくのだ。

「う、う、すごく美味しいよ〜！　このバームクーヘン。日持ちがするって聞いたけどこの調子じゃすぐになくなっちゃうよ」

フィヌイ様も相当気に入ったみたいで、はぐはぐと子狼の姿で夢中で食べている。

このバームクーヘンは大切に食べなければと……ティアは強い決意を固めたのだ。

そして、今日のバームクーヘンはここまでとし箱にしまうと、フィヌイ様がもっと食べたいと言っていたが、それは却下する。

そして次の紙の包みも開けてみることにしたのだ。

こちらは旅の間でも食べられるような、日持ちのするお菓子ということで買ってもらったものだ。

その中身は、一口サイズの可愛いお菓子だ。

綺麗な赤いリボンをほどくと、小袋の中にはたくさんの一口サイズのお菓子が入っている。

卵白《らんぱく》で作ったメレンゲをオーブンで焼いたもので『マカロン』というらしい。

南の島で採れるハイビスカスの花でメレンゲを薄っすらとピンクに色付けし、上の飾りには、乾燥《かんそう》させた赤いバラの花びらが1枚そっと載せてある。

感想としては、なんか女子が好みそうな感じだが、ティアは小さなそのお菓子を1つ口の中に入れてみたのだ。

すると、バラの華やかな香りや、砂糖菓子の甘さが口いっぱいに広がり優雅な気分になる。

これは、旅のお供に最適だとティアは判断したが、フィヌイ様は首を傾げていた。

甘くて美味しいけど、すぐになくなっちゃうから物足りない……という理由でフィヌイ様はお気に召さないらしい。

でも、これ幸い。ティア1人で独占できるので、旅の最中に楽しみながら少しずつ食べていこうと思う。

そして、袋に入っていたお菓子をあらかた開け終わった頃。フィヌイ様は物足りないからもう少し、何か食べたいと言ってきたのだ。

ティアは笑顔を浮かべると、もしよければ食べてみますか？　と手作り風に紙でラッピングされた袋を取り出したのだ。

——これは、何？

フィヌイが首を傾げると、ティアは紙の包みから手作りのクッキーを取り出したのだ。

「本当は……あのお店で買えなかった場合、フィヌイ様をがっかりさせたくなかったんです。それで昨日、運よく宿の厨房を借りることができたのでクッキーを焼いてみたんです。よかったらこれもどうぞ！」

そう言ってティアが包みを広げると、いろんな形をしたクッキーが出てきたのだ。

——うあ、面白い！　この形、僕の顔に似ているね。

尻尾を大きくふりふり、フィヌイは物珍しそうにクッキーを見ていたのだ。

「これは、狼の顔の形のクッキーですよ。こっちは、お星さまやお花、ブッシュドノエルなんてのも、頑張って作ってみました」

——これ、すごく美味しいね！　こんな美味しいもの作ってくれてありがとう！　ティア、大好きだよ！

そう言いながらフィヌイはクッキーを美味しそうに頬張《ほおば》っていたのだ。

ティアもそんなフィヌイの姿を見られて、とても心が和んでいく。

こんな幸せな1日を今日も迎えることができて、ティアの心に温かい気持ちが広がっていくのだった。

あとがき

初めまして、四季　葉と申します。この度は『もふもふの神様と旅に出ます。神殿には二度と戻りません！』をお手に取っていただき、ありがとうございます。いかがだったでしょうか。この物語を楽しんでいただけたらとても幸いです。

実は初めての書籍化ということですごく緊張しております。でも、同時に子供の頃から描いていた、私の物語を書籍化する夢を叶えることができ、嬉しい気持ちでいっぱいです。

この物語は、手術のため入院することが決まったときに書きはじめたものでした。大した手術ではないのですがやはり入院して手術をする。そのことを考えるとネガティブな気持ちになってしまい、そして大袈裟なことを考えた末、心残りはなにかというと小説家になりたいと思っていたのに本気で努力をしなかったことだと気づいたのです。本気で努力しないと絶対に後悔する。そこで、入院するまで時間もある。それにネガティブなことを考えている暇があったら、話を書こうと思ったのです。

好きな話といっても以前書いたものだと、読んでくれる人が極めて少なく、それなら最近の流行りを取り入れてみよう。ついでにドイツも好きなので街並みや食べ物なんかも取り入れちゃえと書き始めました。

最近の話を読んで、イヌ科もふもふが好きでこれを書いてみようと決め、ついでに聖女様をだそうと思ったのですが、品行方正な聖女様など何も思い浮かばず、書いていて楽しい女の子と、子狼をだそうと決めました。でも、気がついたら2人とも愉快な性格へと変わっていったのです。

そして手術も無事に終り、退院した後も、楽しくこのまま書き続けていたら、書籍化への道が開けたのです。


最後に多くの方のご尽力があったからこそ、ここまで来ることができました。出版できたのも、この作品にお声掛けいただきましたツギクルブックス様、よくわからない素人に親切に教えていただいた担当編集者様。可愛いフィヌイや登場人物を、とても素敵なイラストで描いてくださったむらき先生。ラースもかっこよく衝撃でした。そしてお会いしていないけれども、この本に関わっていただいた、たくさんの方々。本当にありがとうございました。

なにより、読者様にも心から感謝いたします。

また、お会いできることを願いまして、あとがきとさせていただきます。

次世代型コンテンツポータルサイト

ツギクル https://www.tugikuru.jp/

「ツギクル」はWeb発クリエイターの活躍が珍しくなくなった流れを背景に、作家などを目指すクリエイターに最新のIT技術による環境を提供し、Web上での創作活動を支援するサービスです。

作品を投稿あるいは登録することで、アクセス数などの人気指標がランキングで表示されるほか、作品の構成要素、特徴、類似作品情報、文章の読みやすさなど、AIを活用した作品分析を行うことができます。

今後も登録作品からの書籍化を行っていく予定です。

ツギクルAI分析結果

「もふもふの神様と旅に出ます。神殿には二度と戻りません！」のジャンル構成は、ファンタジーに続いて、恋愛、ミステリー、歴史・時代、SF、ホラー、現代文学、青春、童話の順番に要素が多い結果となりました。

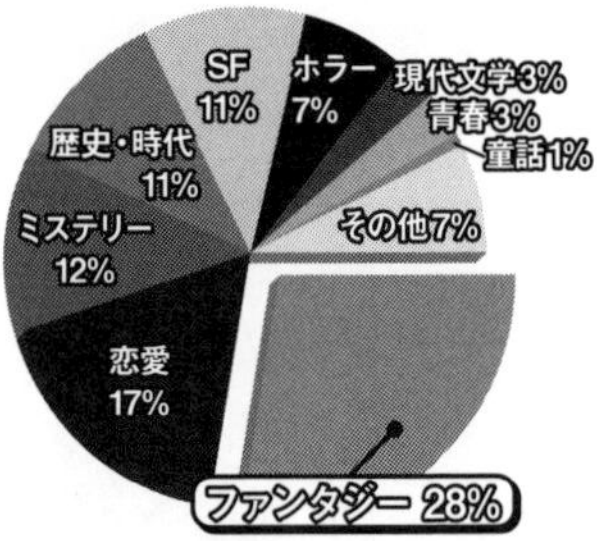

期間限定SS配信

「もふもふの神様と旅に出ます。神殿には二度と戻りません！」

右記のQRコードを読み込むと、「もふもふの神様と旅に出ます。神殿には二度と戻りません！」のスペシャルストーリーを楽しむことができます。ぜひアクセスしてください。
キャンペーン期間は2024年12月10日までとなっております。

転生幼女は教育したい!
~前世の知識で、異世界の社会常識を変えることにしました~
Ryoko イラスト フェルネモ
5歳児だけど、
“魔法の真実”に気づいちゃった!
規格外な幼女が
異世界大改革!?
バイクに乗って旅をするかっこいい女性に憧れた女の子は、入念な旅の準備をしました。外国語を習い、
太極拳を習い、バイクの免許をとり、茶道まで習い、貯めたお金を持って念願の旅に出ます。
そして、辿り着いたのは、なぜか異世界。え、赤ちゃんになってる!? 言語チートは!? 魔力チートは!?
まわりの貴族の視線、怖いんですけど!! 言語と魔法を勉強して、側近も育てなきゃ……
まずは学校をつくって、領地を発展させて、とにかく自分の立場を安定させます!!
前世で学んだ知識を駆使して、異世界を変えていく転生幼女の物語、開幕です!
定価1,430円(本体1,300円+税10%) ISBN978-4-8156-2634-1
ツギクルブックス
https://books.tugikuru.jp/

あなた方の元に戻るつもりはございません！
1〜2
著：火野村志紀
イラスト：天城望
特別な力？　戻ってきてほしい？
ほっといてください！
私、義子をかわいがるのに
いそがしいんです！
OLとしてブラック企業で働いていた綾子は、家族からも恋人からも捨てられて過労死してしまう。そして、気が付いたら生前プレイしていた乙女ゲームの世界に入り込んでいた。しかしこの世界でも虐げられる日々を送っていたらしく、騎士団の料理番を務めていたアンゼリカは冤罪で解雇させられる。さらに悪食伯爵と噂される男に嫁ぐことになり……。
ちょっと待った。伯爵の子供って攻略キャラの一人よね？　しかもこの家、ゲーム開始前に滅亡しちゃうの！？　素っ気ない旦那様はさておき、可愛い義子のために滅亡ルートを何とか回避しなくちゃ！
何やら私に甘くなり始めた旦那様に困惑していると、かつての恋人や家族から「戻って来い」と言われ始め……。そんなのお断りです！
1巻：定価1,320円（本体1,200円＋税10%）978-4-8156-2345-6
2巻：定価1,430円（本体1,300円＋税10%）978-4-8156-2646-4
ツギクルブックス
https://books.tugikuru.jp/

ちったい俺の
巻き込まれ
異世界生活
1～6
著 ぬー
イラスト こよいみつき
2024年9月、
最新7巻発売予定！
異世界転生したら幼児になっちゃいました!?
コミカライズ
企画進行中！
ちったい俺でも
異世界を楽しんでいい？
巻き込まれ事故で死亡したおっさんは、幼児ケータとして異世界に転生する。聖女と一緒に降臨したということで保護されることになるが、第三王子にかけられた呪いを解くなど、幼児ながらに次々とトラブルを解決していく。
みんなに可愛がられながらも異才を発揮するケータだが、ある日、驚きの正体が判明する――
ゆるゆると自由気ままな生活を満喫する幼児の異世界ファンタジーが、今はじまる！
1巻：定価1,320円（本体1,200円＋税10%）978-4-8156-1557-4
2巻：定価1,320円（本体1,200円＋税10%）978-4-8156-1558-1
3巻：定価1,320円（本体1,200円＋税10%）978-4-8156-1918-3
4巻：定価1,320円（本体1,200円＋税10%）978-4-8156-2155-1
5巻：定価1,320円（本体1,200円＋税10%）978-4-8156-2322-7
6巻：定価1,430円（本体1,300円＋税10%）978-4-8156-2323-4
ツギクルブックス
https://books.tugikuru.jp/

ツギクルブックス

愛読者アンケートに回答してカバーイラストをダウンロード！


愛読者アンケートや本書に関するご意見、四季　葉先生、むらき先生へのファンレターは、下記のURLまたは右のQRコードよりアクセスしてください。

アンケートにご回答いただくとカバーイラストの画像データがダウンロードできますので、壁紙などでご使用ください。

https://books.tugikuru.jp/q/202406/mofumofunokamisama.html

本書は、「小説家になろう」（https://syosetu.com/）に掲載された作品を加筆・改稿のうえ書籍化したものです。

もふもふの神様《かみさま》と旅《たび》に出《で》ます。神殿《しんでん》には二度《にど》と戻《もど》りません！

2024年6月25日　初版第1刷発行

著者　四季《しき》　葉《よう》

発行人　宇草 亮
発行所　ツギクル株式会社
〒105-0001　東京都港区虎ノ門2-2-1
発売元　SBクリエイティブ株式会社
〒105-0001　東京都港区虎ノ門2-2-1

イラスト　むらき
装丁　株式会社エストール

印刷・製本　中央精版印刷株式会社

ISBN978-4-8156-2688-4
Printed in Japan